KB123789

로크미디어가
유혹하는
재미있는 세상

ROK
MEDIA
로크미디어

무인환생 4

2023년 3월 9일 초판 1쇄 인쇄
2023년 3월 14일 초판 1쇄 발행

지은이 윤신현
발행인 강준규

기획 이기헌 왕소현 박경무 강민구 조익현
책임편집 금선정
마케팅지원 이원선

발행처 (주)로크미디어
출판등록 2003년 3월 24일
주소 서울시 마포구 마포대로 45 일진빌딩 6층
Tel (02)3273-5135 Fax (02)3273-5134
홈페이지 rokmedia.com E-mail rokmedia@empas.com

© 윤신현, 2023

값 9,000원

ISBN 979-11-408-0604-1 (4권)
ISBN 979-11-408-0600-3 04810 (세트)

武人還生

④

윤신현 신무협 장편소설

무인환생

차례

제29장 기대 그 이상

"오셨습니까."

해연한 석풍표국 사람들 곁으로 석진호가 다가왔다.

어깨에는 예의 흑휘가 올라타 있었다.

당아린이 하도 달려들기에 결국 여기까지 피신 온 것이었다.

"대체 비법이 뭐야? 어떻게 하면 단기간에 저렇게 수준이 달라져?"

"별거 없습니다. 기본기 좀 다져 주고 몸을 제대로 활용하는 법을 가르쳤을 뿐입니다."

"근데 저렇게 달라진다고?"

석넉월이 여전히 입을 벌린 채로 물었다.

그러자 옆에 있던 석풍표국주도 고개를 주억거렸다.

　그 역시 한 명의 무인이었기에 표사들의 성장을 단번에 알아본 것이다.

　"직접 보고 계시지 않습니까."

　"……보고도 말이 안 되니까 그러지. 이건 진짜 기대 이상인데."

　"말씀드리지 않았습니까, 돈이 아깝지는 않을 거라고."

　"그래도 이 정도일 줄은 몰랐지."

　"공력은 반년 전과 별 차이 없습니다. 달라진 건 육체 능력과 다루는 기술뿐입니다."

　석진호가 담담히 말했다.

　그러나 두 사람은 그 말을 담담히 받아들일 수 없었다.

　언뜻 드러나는 기세가 일급 표사와 비교해도 크게 뒤떨어지지 않아서였다.

　물론 정식으로 겨룬다면 검기를 사용할 수 있는 일급 표사가 승리하겠지만 적어도 쉽게 질 것 같다는 생각은 들지 않았다.

　"진짜 돈이 아깝지 않은데."

　"근데 후미의 아이들은 쟁자수들입니까?"

　"응. 이번에 맡길 이 기 애들이야. 일 기 애들이 얼마나 강해졌는지 직접 보여 주려고 데려왔어. 자극도 좀 줄 겸. 일 기 애들을 가장 잘 아는 게 바로 저 아이들이거든."

무인환생

"자극은 넘쳐 날 겁니다."

석진호가 피식 웃었다.

관도들이 얼마나 성장했는지는 그가 가장 잘 알아서였다.

게다가 일 기 덕분에 탁윤과 정마륭도 정말 많이 발전했다.

서로에게 자극이 되어 주며 같이 성장했던 것이다.

"일단 들어오시죠."

"그래."

석진호가 몸을 돌렸다.

그 뒤로 석풍표국주, 석덕월을 위시로 표사들과 쟁자수들
이 따라 들어갔다.

"후우."

오전 훈련을 끝내고 말끔히 씻고 나온 위승척이 크게 심호
흡을 했다.

그러자 옆에 있던 목춘갑도 마찬가지로 숨을 골랐다.

석풍표국주와 대표두 앞에서 지금부터 그간의 수련 결과
를 증명해야 했기에 둘 다 긴장한 것이었다.

"완전 떨고 있구만."

"사돈 남 말 하고 있네."

"흐흐! 떨리는 게 정상 아니냐? 다른 애들도 다 똑같아."

목춘갑이 히죽 웃었다.

그러면서 그는 주변을 슬쩍 둘러봤다.

위승척과 그뿐만 아니라 다들 긴장한 기색이 역력했다.

강해졌다는 건 확실히 알았지만 그게 어느 정도인지는 몰랐기에 긴장한 것이었다.

"상대가 일급 표사들이니까."

"이기기는 힘들겠지?"

"검기를 뛰어넘기는 힘들지. 흘려 막아도 운이 좋아야 네댓 번 정도 견딜걸."

위승척은 냉정하게 판단했다.

이미 석진호의 검기를 수도 없이 겪어 봤기에 위승척은 자신이 아무리 병기에 진기를 주입해 봤자 최대 다섯 번의 충돌이 한계라고 생각했다.

그리고 그 말은 달리 말하면 그 안에 승부를 봐야 한다는 뜻이기도 했다.

"짜식, 질 생각이 없네?"

"수도 없이 졌는데 한 번은 이겨야 하지 않겠어?"

"관주님과 대련할 때 그런 마음가짐을 좀 가지면 좋았을 텐데."

"명왕이랑 대련하는 걸 보고도 그런 말이 나오냐?"

위승척이 어처구니없다는 얼굴로 목춘갑을 쳐다봤다.

만약 그때처럼 석진호가 실력 발휘를 한다면 자신들은 시작하기 무섭게 바닥을 나뒹굴 터였다.

"사실 나도 말하고 좀 민망하기는 했어. 격차가 워낙 나야지. 절정도 그냥 절정이 아니라 거의 끝자락인 거 같던데."

"그 이상인데 우리가 가늠하지 못한 걸 수도 있어. 아는 만큼 보인다잖아."

"어후, 난 그 정도만 되어도 소원이 없겠다. 대표두 자리는 따 놓은 당상이고 강호를 호령하며 수많은 미인들과 정분을 내며 살 수 있을 텐데."

"과연 그럴까? 내 생각은 좀 다른데. 더 높은 경지에 오르고 싶을 것 같은데."

무슨 상상을 하는지 헤벌쭉 웃으며 침을 질질 흘리는 목춘갑을 일별하며 위승척이 중얼거렸다.

분명 석진호가 보여 준 수준은 지금의 그에게 있어 꿈의 경지나 마찬가지였다.

그러나 만약 자신이 거기에 도달했다면 현재에 만족하지 않고 그 이상을 원할 것 같았다.

"뭐, 사람마다 만족의 기준은 다르니까. 넌 욕심이 많아서 그럴 것 같아."

"뭐라고?"

"근데 난 응원한다. 왠지 너는 절정의 벽을 넘을 것 같아. 당장은 힘들겠지만 죽기 전에는 넘을 것 같다고나 할까."

"응원이냐, 저주냐?"

"둘 다. 크크큭!"

두 사람이 티격태격하는 사이 석진호와 석풍표국주, 석덕월이 밖으로 나왔다.

탁윤, 정마룡, 일급 표사들을 대동한 채로 말이다.

그런데 그들의 뒤로 구경을 나온 것인지 소하정과 당하린, 당아린 자매, 채소강과 채소설 남매가 모습을 드러냈다.

웅성웅성.

특히 당하린, 당아린 쌍둥이 자매가 등장하자 석풍표국 쪽에서 작은 소란이 일었다.

누가 봐도 범상치 않은 기품을 지닌 여인들의 등장에 표사들이 격렬하게 반응했던 것이다.

그리고 그건 석풍표국주와 석덕월도 마찬가지였다.

"잠깐만. 저 두 사람 혹시 사천당가주의 여식들 아니더냐?"

"맞는 것 같습니다."

다만 표사들과 다른 점이 있다면 둘은 쌍둥이 자매를 알아봤다는 것이다.

그래서 그는 더욱 크게 놀라며 석진호를 쳐다봤다.

"어쩌다 보니 그렇게 됐습니다."

"그게 말이 돼?"

석덕월이 어이없다는 표정을 지었다.

어쩌다 보니라는 말로 어영부영 넘어갈 사안이 아니었기에 석덕월은 황당한 눈으로 석진호를 쳐다봤다.

하지만 석진호도 딱히 할 말이 없었다.

설명을 하면 길어졌기에 그저 어깨만 으쓱거렸다.

武人還生
무인환생

"나중에 설명드리겠습니다. 우선은 하려던 일부터 하죠."

"꼭 설명해 줘야 한다."

"예."

확답을 받은 석덕월이 사뭇 긴장한 얼굴로 대기하고 있던 일급 표사들에게 다가갔다.

처음의 계획과는 달라졌지만 이것 또한 명령이었기에 일급 표사들은 별다른 불만을 표출하지 않았다.

대신 살짝 긴장한 눈으로 일 기 수련생이라 할 수 있는 관도들을 주시했다.

그들에게서 흘러나오는 투지가 심상치 않아서였다.

"산술적으로는 한 사람당 네 명씩은 상대해야 하는데, 괜찮겠지?"

"물론입니다."

"저희 일급 표사입니다. 한 번에 네 명을 상대해도 괜찮습니다."

묘하게 도발적인 석덕월의 말에 일급 표사의 눈빛이 달라졌다. 예상했던 것보다 더욱 크게 발전했다고 하지만 그래도 이급 표사와 삼급 표사였다.

기세가 칼처럼 예리하게 벼려졌다고 하나 아직 자신들에게 비할 바는 아니었다.

그렇기에 일급 표사들은 자신만만하게 말했다.

"좋아. 석풍표국의 일급 표사라면 그 정도 자신감은 있어야지. 그래도 이 자리는 반년간의 훈련 성과를 확인하기 위한 거니까 우선은 일대일로 가 보자고. 누구부터 할래?"

"저부터 하겠습니다."

"호오, 기선 제압을 하겠다?"

"예."

데리고 온 일급 표사들 중에서 가장 표두 자리에 가까운 견추영이 손을 들었다.

그런데 그의 눈빛이 심상치 않았다.

초반에 기를 한번 크게 죽여 놓겠다는 듯이 강렬한 안광을 뿌렸다.

"너무 과하게 하지는 말고. 진지하게 임하는 건 좋지만 서로 다치면 안 돼. 알겠나?"

"물론입니다. 저희는 모두 한 가족이지 않습니까."

"맞아. 동료이며 가족이지."

석풍표국주가 흐뭇한 표정을 지었다.

그간의 노력이 결실을 맺은 것 같아서였다.

하지만 승부는 승부였기에 견추영은 승부욕을 숨기지 않았다.

"일 기 중에서는 누가 나오나?"

"제가 나갑니다."

석덕월이 석진호를 쳐다보며 물었으나 대답은 위승척에게서 나왔다.

이미 순번이 정해져 있다는 듯이 모여 있는 일 기 수련생들 중에서 위승척이 걸어 나왔던 것이다.

"바로 시작해도 되지?"

"저희는 언제든지 준비되어 있습니다."

"역시 젊어서 그런가. 패기가 있어."

"감사합니다."

석덕월의 칭찬에 위승척이 고개를 꾸벅 숙였다.

일급 표사 중 가장 실력이 뛰어난 이 중 한 명인 견추영이 나섰지만 그럼에도 위승척은 기죽지 않았다.

오히려 똑같이 승부욕을 드러내는 모습에 석덕월은 물론이고 석풍표국주도 흡족한 미소를 지었다.

"바로 시작하죠."

"그래."

둘 다 준비는 다 된 것 같아 보였기에 석진호가 입을 열었다.

굳이 시간을 끌 필요는 없다고 생각해서였다.

"두 사람 앞으로."

스윽.

석진호의 말이 끝나기 무섭게 견추영과 위승척이 삼 장 정도의 간격을 두고서 마주 섰다.

둘 다 날카로운 눈빛으로 상대방의 일거수일투족에 집중했던 것이다.

특히 위승척은 천천히 박도의 도병에 손을 가져가며 발도술을 펼칠 준비를 했다.

'견 표사님의 창술은 정직한 만큼 묵직해. 특유의 선 굵은 창술을 펼치는 만큼 정면 승부는 피해야 해. 병기의 무게도 무게지만 근력, 공력에서 모두 내가 달린다.'

위승척은 빠르게 견추영을 살폈다.

이미 알고 있는 것들이지만 그는 다시 한번 확인하며 곱씹었다.

석진호에게 수도 없이 깨지면서 그는 생각하는 법을 배웠다. 단순히 치고받는 게 아니라 어떻게 싸워야 할지, 어떻게 대응하고 공략해야 할지를 배웠기에 위승척은 생각하고 또 생각했다.

쌔애애액!

그때 견추영이 먼저 움직였다.

유리한 간격을 십분 이용하듯 창을 매섭게 찔러 넣었던 것이다. 하지만 위승척도 이미 짐작하고 있었기에 어렵지 않게 피해 냈다.

'파고든다!'

창의 가장 큰 장점은 바로 거리가 있을 때 드러났다.

그렇기에 위승척은 회피와 동시에 땅을 박찼다.

견추영에게 유리한 거리가 아닌 자신에게 유리한 거리를 차지하기 위해서였다.

무인환생

간격의 중요성을 석진호에게서 수도 없이 몸으로 학습했기에 위승척은 반사적으로 견추영에게 파고들었다.

부우웅!

그러나 견추영도 가만히 지켜보지만은 않았다.

창대를 잡아당겨 순식간에 회수한 그는 상단을 잡고서 빠르게 횡으로 휘둘렀다.

단창처럼 창을 짧게 잡아서 휘둘렀던 것이다.

"흐읍!"

하지만 노련한 견추영의 대응에도 위승천은 어렵지 않게 피해 냈다.

희한하게 견추영의 공격이 눈에 다 보였던 것이다.

게다가 예전과 달리 견추영의 기세가 딱히 위협적이지 않았다.

'관주님에 비하면 아무것도 아냐.'

갈무리해도 은연중에 흘러나오는 석진호의 거대한 존재감에 비하면 견추영의 기세는 아무것도 아니었다.

때문에 위승척은 초일류에 닿은 무인이 뿌려 대는 기세에도 딱히 주눅 들지 않고 자신의 공격을 펼쳤다.

강맹한 창격을 흘려 내며 간간이 위협적인 초식을 뿌렸던 것이다.

"오오오!"

"잘한다!"

그 모습에 목춘갑을 비롯한 동기들이 뜨거운 환호를 보냈다.

위승척의 분전에 그들도 뜨겁게 달아오른 것이었다.

"흠!"

반면에 견추영의 눈빛은 점점 더 무거워졌다.

많이 성장한 것은 알았지만 자신과 이 정도로 비등하게 대결할 줄은 몰랐기에 놀라면서도 자존심이 상했던 것이다.

우우웅!

결국 견추영은 공력을 끌어 올렸다.

초식만으로는 빠르게 제압하기가 힘들 것 같기에 본격적으로 공력을 사용하려는 것이었다.

그런데 서서히 솟구치는 창기를 보고도 위승척은 물러나지 않았다.

창기에 두려움을 느끼고 물러나는 순간 대련은 거기서 끝난다는 것을 잘 알아서였다.

"차합!"

창기가 일어나는 순간 위승척은 오히려 달려들었다.

자신의 박도에 진기를 가득 주입하며 승부를 걸었던 것이다.

터어엉!

벼락같이 쇄도하는 창날을 위승척은 가까스로 막아 냈다.

그러나 공력의 차이는 어쩔 수 없는지 박도에 수많은 실금

武人還生
무인환생

이 일어났다.

하지만 중요한 건 위승척이 원한 한 번의 기회가 만들어졌다는 사실이었다.

'이제 근접 박투로 승부를……!'

퍼억!

박도를 희생해서 만든 틈을 이용해 견추영을 덮치듯이 날아들었던 위승척의 고개가 뒤로 넘어갔다.

순식간에 창대의 중단을 잡은 견추영이 하단을 이용해 그의 턱을 날렸던 것이다.

털썩!

허공에 포물선을 그리며 날아간 위승척이 바닥에 떨어졌다.

그러나 이내 그는 번개같이 몸을 일으켰다.

턱이 퉁퉁 부었음에도 투지가 꺾이지 않았던 것이다.

게다가 균열이 잔뜩 일어나기는 했지만 아직 박도는 박살나지 않은 상태였다.

"그만!"

그렇기에 위승척은 재차 달려들려고 했다.

끝날 때까지 끝난 게 아니었기에 대련을 이어 가려 했던 것이다.

한데 그때 석덕월이 대련을 중지시켰다.

"그만하면 되었다."

"나도 같은 생각이다."

석풍표국주가 석덕월과 같은 생각이라는 듯이 흡족하게 웃으며 고개를 주억거렸다.

특히나 그는 마지막에 위승척이 보여 준 모습에 깊은 감명을 받았다.

누가 봐도 패색이 짙은 상황임에도 물러나기는커녕 오히려 달려드는 모습에서 투혼을 느낄 수 있어서였다.

게다가 마지막 공격이 거의 성공할 뻔했기에 석풍표국주는 진심을 담아 박수를 쳐 주었다.

"……고생하셨습니다."

"위 표사도."

다만 위승척은 얼굴 가득 아쉬운 기색으로 견추영과 인사했다. 좀 더 싸울 기력이 있는데 그만하라고 하자 아쉬웠던 것이다.

하지만 명령은 명령이기에 위승척은 동기들이 있는 곳으로 되돌아갔다.

"다음은?"

"접니다, 견 표사님."

"위 표사와 친구였던 걸로 기억하는데."

"친구라기보다는 웬수입니다, 하하하!"

"자네도 만만치 않겠군."

호흡을 가다듬으며 견추영이 빠르게 목춘갑을 훑었다.

무인환생

넉살 좋은 모습과 달리 목춘갑 역시 위승척과 비슷한 분위기를 흘렸다.

똑같이 만만치 않을 것 같다는 느낌이 들었던 것이다.

'근데 재미있군.'

처음에는 고작 이급 표사라고 생각했었다.

그러다가 좀 하네? 라는 생각을 했고, 그다음에는 자존심이 상했다.

하지만 마지막에는 감탄했다.

위승척이 보여 준 마지막 일격은 그조차도 간담이 서늘할 정도로 위협적이었기에 견추영은 목춘갑도 기대했다.

"너무 기대하지는 말아 주십시오. 기대가 큰 만큼 실망도 큰 법이니까요."

"시작하지."

"그럼!"

시종일관 웃고 있던 목춘갑이 시작이라는 말과 함께 짓쳐 들었다.

언제 웃었냐는 듯이 두 눈을 날카롭게 빛내며 맹렬하게 달려들었던 것이다.

그런 그의 손에서 눈부신 발검술이 펼쳐졌다.

묘하게 위승척과 비슷한 느낌이 드는 발검술은 섬전처럼 견추영의 가슴을 파고들었다.

터엉!

그러나 눈부신 목춘갑의 발검술을 견추영은 창대로 튕겨 냈다.

괜히 일급 표사 중에서 표두급으로 인정받는 이가 아니라는 듯이 정확히 검극을 막아 냈던 것이다.

스스슥!

하지만 목춘갑의 공세는 이제부터가 시작이었다.

위승척과 달리 그는 초반부터 기세를 잡겠다는 듯이 가진 바 내력을 모조리 끌어 올리고는 견추영을 두들겼다.

초반에 승부를 보겠다는 듯이 모든 힘을 처음부터 쏟아부었던 것이다.

"흡!"

폭우처럼 쏟아지는 맹렬한 공세에 견추영도 진기를 끌어 올렸다.

검에 실린 내력이 제법 강맹해 진기 없이는 창대가 상할 것 같아서였다.

'둘 다 싸울 줄을 아는군.'

절대 자신에게 거리를 주지 않겠다는 듯이 검을 휘두르는 목춘갑의 모습에 견추영이 실소를 흘렸다.

반년 사이에 노련한 무사가 된 것 같아서였다.

내공만 갖춰진다면 당장 일급 표사로 올라와도 이상하지 않을 것 같은 실력에 견추영은 새삼 석진호를 다시 생각하게 됐다.

무인환생

혼자서 강해지는 것과 남을 가르치는 것은 엄연히 달랐기에 견추영은 승천무관에 대해 진지하게 생각했다.

쌔애액!

그런데 그때 목춘갑의 검극이 그의 귓불을 스치고 지나갔다.

잠깐 딴생각을 하는 틈을 목춘갑은 놓치지 않았던 것이다.

'앞으로 두 명이 더 남았는데 다 채울 수 있을지 모르겠군.'

견추영이 입맛을 다셨다.

저돌적으로 달려드는 목춘갑으로 인해 체력 소모가 상당했기에 나머지 둘을 감당할 엄두가 나지 않았던 것이다.

하지만 이것도 어떻게 보면 수련이라 할 수 있었기에 견추영은 이내 눈을 빛내며 대련에 집중했다.

"다들 장난 아니네."

"관주님이랑 대련할 때와는 또 다르네요. 박진감이 넘쳐요. 아저씨들도 두 눈에 독기를 품고 하고."

"아저씨라니. 나이 차이도 얼마 안 나는데."

"그렇다고 오빠라고 하기에는 다들 얼굴이……."

소하정을 쳐다보며 채소설이 말끝을 흐렸다.

관도들이 젊다는 건 알지만 그렇다고 오빠라고 부르기에는 좀 그래서였다.

오빠라는 단어가 입에서 선뜻 안 나온다고나 할까.

"근데 확실히 애들 눈빛이 다르기는 하다. 평소에도 악착같은 기세는 있었는데 오늘은 그보다 더한 것 같아."

"아무래도 그간의 훈련 성과를 보여 주는 날이니까요."

"소강이에게도 도움이 많이 되겠다."

"예. 정말 하나도 버릴 게 없을 정도로요."

말만 그런 게 아니라 채소강은 대련에서 한시도 눈을 떼지 않았다. 그만큼 표사들과 관도들의 대련에서 느끼는 바가 많았던 것이다.

"다음 기수 애들과는 소강이도 경쟁이 되겠다."

소하정의 시선이 채소강만큼이나 집중한 얼굴로 대련을 바라보는 아이들에게로 향했다.

십 대 중후반의 아이들이 대부분이었는데 그중에는 채소강의 또래인 애들도 꽤 있었다.

인원도 일 기에 비해 배는 늘어나 있었고 말이다.

'이런 걸 보면 도련님께서 선견지명이 있으시다니까. 어떻게 딱 필요할 때 객잔을 사셨을까.'

인원이 배로 늘었지만 숙소 걱정은 할 필요 없었다.

하정객잔보다 이 층이나 더 높은 객잔을 새로 매입했기에 이 기 수련생들이 머물 장소는 충분했다.

"진짜 다들 투지가 대단한 것 같아요."

"아가씨가 보기에도 그렇죠?"

"네. 하지만 그보다 더 감탄한 건 몸을 활용하는 방법이에

武人還生
무인환생

요. 다들 상당히 기술적으로 상대방의 공격을 흘려 내고 있어요."

"도련님에게 하도 맞다 보니 자연스럽게 익힌 것 같아요."

"맞아요. 관주님께서 일부러 그걸 몸에 각인시킨 것 같아요."

시시하다는 듯이 시큰둥한 얼굴의 당아린과 달리 당하린은 연신 탄성을 내뱉었다.

불과 반년 만에 이렇게 변모시켰다는 사실에 진심으로 감탄했던 것이다.

"내가 보기에는 재능 낭비하는 것 같은데. 굳이 저런 이들을 가르칠 필요가 있을까. 차라리 개인 수련을 해서 무명을 날리는 게 더 이득 같은데."

"가르치면서 배우는 것도 있어. 그리고 관주님이 다 생각이 있으시니까 하는 거겠지."

"언니는 너무 낙관적으로 생각하는 버릇이 있어. 내가 보기에는 그냥 하릴없이 지내기에 적적해서 하는 것 같은데."

"그렇게 보일 수도 있겠지."

"난 도저히 이해가 안 돼. 왜 저 실력을 가지고 이 시골에서 은거하듯 사는 거지?"

당아린이 고개를 절레절레 저었다.

다시 생각해 봐도 그녀로서는 도저히 이해가 가지 않았던 것이다.

만약 자신이 석진호였다면 진즉에 강호에 출도해서 이름을 떨쳤을 터였다.

"사람마다 중요하게 생각하는 가치는 다른 거야. 너처럼 시끄럽고 평지풍파 일으키는 걸 좋아하는 사람이 있는 반면에 조용한 삶을 원하는 사람도 있는 거지."

"내가 무슨 평지풍파를 일으켰다고 그래?"

"본가에서 있었던 일 세 살 때부터 읊어 줘?"

"꺄아악!"

진지한 당하린의 말에 당아린이 비명을 질렀다.

그뿐만 아니라 잽싸게 언니의 입을 막았다.

"조용히 있어. 사건 사고 일으킬 거면 지금이라도 본가로 돌아가고."

"입 다물고 가만히 있으면 되잖아, 가만히 있으면!"

"말로만 그러니까 그러지."

"칫!"

당아린이 삐뚤어지겠다는 듯이 팔짱을 끼고서 고개를 돌렸다.

입술은 잔뜩 내밀고서 말이다.

그런데 그때 소하정의 품에 얌전히 안겨 있는 흑휘가 눈에 들어왔다.

'나, 나도 만지고 싶다. 왜 나한테는 안 오는 거지? 아주머니한테는 애교도 잘 부리면서!'

武人還生
무인환생

세상 노곤한 얼굴로 두 눈을 감고서 편안하게 안겨 있는 흑휘의 모습에 당아린이 입술을 잘근잘근 깨물었다.

　소하정에게는 애교도 곧잘 부리는 흑휘이지만 이상하게 그녀에게는 단 한 번도 곁을 허락하지 않았다.

　심지어 소하정이 주는 간식과 똑같은 육포를 주었음에도 흑휘는 거들떠보지도 않았다.

　그게 당아린은 이해가 되지 않았다.

　'언니가 주는 것은 잘도 먹으면서!'

　흑휘의 무관심이 너무 분해 당아린은 똑같은 육포를 당하린의 손에 쥐어 준 적이 있었다. 낯을 가리는 거라면 당하린이 주는 육포도 당연히 안 먹을 거라고 생각해서였다.

　그런데 열 뻗치게도 흑휘는 당하린이 내민 육포를 거리낌 없이 먹었다. 그것도 이마를 간질이는 당하린의 손길에도 가만히 있으면서 말이다.

　'도대체 뭐가 문제야! 언니보다 내가 더 관심도 많고 아껴 줄 수 있는데!'

　당아린도 처음에는 차분히 기다렸다.

　앞으로 승천무관에서 머물 것이기에 차차 거리를 좁히면 된다고 생각했던 것이다.

　하지만 이제 두 번 부르면 한 번은 오는 당하린과 달리 그녀는 아무리 애절하게 불러도, 간절하게 불러도 흑휘는 단한 번도 다가온 적이 없었다.

부르르르!

그런데 웃긴 건 그렇게 매몰차게 거절을 당했음에도 화가 나기는커녕 더욱더 흑휘에 대한 열망이 커져 간다는 점이었다.

그래서인지 당아린은 오기를 불태우며 흑휘를 뚫어져라 쳐다봤다.

냐아오옹.

당아린의 뜨거운 시선을 느낀 모양인지 흑휘가 두 눈을 게슴츠레하게 떴다.

하지만 그녀를 힐끔 보고는 다시 눈을 감았다.

햇살도 따사롭겠다, 소하정의 품도 따뜻하니 잠이 솔솔 온다는 표정이었다.

그리고 그 모습에 당아린은 다시 한번 심장이 콩닥거렸다.

'으윽! 내 심장!'

홀로 심장을 부여잡은 당아린은 속으로 다짐했다.

근 시일 내에 반드시 자신도 흑휘를 품에 안겠다고 말이다.

간소하게나마 벌어진 퇴관식에 앞마당은 잔치라도 난 것처럼 시끌벅적했다.

반년 만에 금주가 풀리니 다들 미친 듯이 술을 들이부었던 것이다.

아직 성년이 되지 못한 이들도 눈치껏 한 잔씩 들이켜니 분위기는 시간이 갈수록 뜨거워졌다.

반면에 방에 있던 석풍표국주의 고민은 깊어져 갔다.

"무엇을 그리 고민하십니까?"

"기간을 얼마나 해야 할지 감이 안 잡혀서."

"이 기 애들도 똑같이 반년 과정 아니었습니까?"

석풍표국주의 앞에 앉아 있던 석덕월이 의아한 표정을 지었다.

출발하기 전 회의에서 일 기와 똑같이 반년 과정을 하기로 결정이 났는데 고민하는 게 이상해서였다.

"직접 보니까 욕심이 나서 말이지. 대표두도 보지 않나, 반년 만에 아이들이 얼마나 성장했는지."

"많이 놀랐지요. 그 정도로 아이들을 잘 벼려 놓을 줄은 몰랐거든요. 능력이 출중한 건 알고 있었지만 솔직히 기대했던 것 이상이었습니다."

"내 말이."

비록 단 한 명도 일급 표사를 쓰러뜨리지는 못했지만 모두가 하나같이 기대 이상의 모습을 보여 주었다.

때문에 석풍표국주는 고민이 되었다.

이번에는 일 년 과정을 해 보는 건 어떨까 하는 생각이 들었던 것이다.

"은근슬쩍 아이들에게 물어봤는데 반년은 조금 아쉽다는 의견이 대부분이었습니다. 술은 물론이고 먹는 것도 관리를 받아서 좀 힘들기는 했지만 그 이상으로 실력이 늘었기에 다들 아쉬워하더라고요. 근데 제가 보기에는 일 기 애들은 반년이 딱 적당한 것 같습니다. 사실 일급 표사와 이급 표사를 가르는 건 검기상인의 경지에 올랐느냐, 오르지 못했느냐이지 않습니까."

"검기만 없으면 대등하게 싸울 수 있는 게 일 기 애들이지. 내가 보기에 공력만 충분히 쌓으면 당장 일급 표사에 오를 수 있는 실력들이야."

"저도 같은 생각입니다. 다만 문제는 공력이 단기간에 늘지 않는다는 점이지요. 영약을 먹지 않는 이상 시간이 필요한 게 공력이니까요."

"대표두의 생각은 어때? 일 년 과정을 끊는 것. 이왕 기초를 다지는 거 제대로 하는 게 좋잖아?"

석덕월이 턱을 쓰다듬었다.

능력을 본 이상 금액은 문제가 되지 않았다.

때문에 그는 효율을 생각했다.

"저도 일 년 과정을 한번 해 보는 것도 나쁘지 않다고 생각합니다. 하지만 그 전에 관주의 생각을 들어 보는 건 어떨까요?"

"역시 그게 가장 낫겠지?"

"예."

똑똑.

두 사람이 고개를 주억거릴 때 문 두드리는 소리가 들렸다.

동시에 향긋한 음식 냄새가 문틈 사이로 솔솔 들어왔다.

"실례하겠습니다."

"들어와, 들어와."

밖에서 들려오는 소하정의 목소리에 석덕월이 일어나서 문을 열어 주었다.

승천무관의 주인은 석진호지만 진짜 실세는 소하정이라는 걸 알기에 그는 웃으며 그녀가 들고 있는 커다란 쟁반을 받아 들었다.

"아니, 제가 할게요."

"괜찮아, 괜찮아. 어차피 내가 먹을 건데."

"그래도……."

"뒤에 아이나 도와줘."

석덕월이 한쪽 눈을 찡긋거리며 말하자 소하정도 어쩔 수 없다는 듯이 뒤따라 들어온 채소설의 쟁반을 받았다.

자신이야 이렇게 음식을 나르는 게 익숙했지만 채소설은 그렇지 않아서였다.

아직 한창 자랄 시기이기도 하고.

"근데 이 아이는 누구야? 지난번에는 못 본 거 같은데."

"저를 도와주는 아이예요. 조카 같은 아이죠."

"그래?"

"네. 요리 실력도 얼마나 뛰어난데요. 특히 소면을 기가 막히게 만들어요. 아마 황화현에서 소면만 따지면 제일 잘할 거예요."

"호오, 그래?"

석덕월이 살짝 놀란 표정을 지었다.

요리에 일가견이 있는 소하정이 저리 자신 있게 말하자 호기심이 들었던 것이다.

더욱이 소면이라면 그 역시 일가견이 있었다.

천하 각지를 돌아다니면서 가장 많이 먹는 음식 중 하나가 바로 소면이었기 때문이다.

"그, 그 정도는 아니에요."

"아니야. 소설이 너는 자부심을 가져도 돼. 할머니에게서 물려받은 소면은 황화현 최고라고 해도 과언이 아니야."

높으신 분들 앞에서 하는 칭찬에 채소설이 몸 둘 바를 몰라 했다.

그러나 소하정은 그런 채소설의 어깨를 부드럽게 안아 주었다.

적어도 그녀는 그렇게 생각해서였다.

"기회가 된다면 꼭 한번 맛보고 싶군."

"내일 아침에 준비해 볼게요. 다들 해장이 필요할 것 같은

무인환생

데."

"흠흠! 해장에는 역시 술만큼 좋은 게 없지."

석풍표국주가 슬그머니 입을 열었다.

하지만 석덕월이나 소하정이나 그런 그의 말에 조금도 동조하지 않았다.

"이제는 건강을 생각하실 때도 되었습니다. 환갑이 얼마 안 남지 않으셨잖습니까."

"너도 곧 지천명이야."

"전 아직 사십 대 중반입니다. 지천명까지는 오 년이나 남았지요."

"어허! 오 년은 금방이야! 눈 깜짝할 새에 지나간다고!"

"그렇긴 합니다만 이 년이 훨씬 더 빠를 겁니다."

석덕월이 웃으며 비수를 꽂았다.

그러자 석풍표국주가 고개를 떨구었다.

"분위기가 왜 이렇게 싸합니까?"

채소설의 뒤로 무언가를 들고 있는 석진호가 들어왔다.

그런데 이상할 정도로 분위기가 침체되어 있자 석진호가 고개를 갸웃거렸다.

"나이 얘기가 나왔거든."

"아하."

"뭐, 나도 이제는 나이가 적다고 할 수 없는 편이긴 하지만."

"적다고 할 수 없는 게 아니라 많지 않습니까?"

"신체 나이는 젊어!"

사실로 명치를 때리는 석진호의 말에 석덕월이 발끈했다.

하지만 그는 이내 석진호가 원탁 위에 내려놓는 것들을 보고는 두 눈을 크게 떴다.

"심심풀이 삼아 만든 것들입니다."

"진짜 이게 더덕이야?"

"예. 운이 좋았습니다."

"허어!"

석덕월은 물론이고 석풍표국주도 탄성을 내질렀다.

그 정도로 큼지막한 항아리에 담겨져 있는 더덕은 컸다.

어른의 팔뚝보다 더한 두께와 길이에 두 사람은 군침을 흘렸다.

"흑도라지로 만든 담금주도 있습니다."

"술은 또 언제 담갔대?"

"시간이야 어떻게든 만들면 되니까요. 잠잘 시간을 줄이면 많은 걸 할 수 있습니다."

"오늘 코가 삐뚤어지게 마실 수 있겠는데."

석덕월이 눈을 빛냈다.

그리고 그건 석풍표국주 역시 마찬가지였다.

술이라면 자다가도 벌떡 일어나는 사람이 둘이었기에 두 사람은 벌써부터 침을 삼켰다.

武人還生
무인환생

반면에 소하정은 조용히 다가와 석진호의 팔을 붙잡았다.

"조금만 드세요."

"맛만 볼 거야. 내가 언제 술 많이 마신 적 있어?"

"그건 알지만, 그래도 두 분이 계시니까요."

작은 목소리로 소하정이 소곤거렸다.

하지만 정작 두 사람은 그녀의 귓속말에 관심이 없었다.

시간이 흐를수록 점점 더 올라오는 더덕주의 향에 심취해 있었던 것이다.

"좋다."

"향이 끝내주네요."

"다 마시고 다시 담가도 되겠는데?"

"안주 삼아 씹어 먹는 것도 좋지 않을까요?"

"크흐! 그것도 좋지. 술맛 나는 안주라. 끝내주겠는데."

언제 옥신각신했냐는 듯이 죽이 척척 맞는 두 사람의 모습에 소하정이 고개를 절레절레 저었다.

그런 그녀를 향해 이번에는 석진호가 귓속말을 했다.

"밑에 애들 먹일 음식은 객잔에서 공수해 와. 괜히 유모가 만든다고 고생하지 말고. 처음부터 넉넉히 가져왔으니 부족할 리는 없겠지만 혹시 모르니까 하는 소리야."

"알겠어요. 걱정하지 마세요. 도련님 드실 것만 준비할게요."

"우리 먹을 것도 다 시켰으니까 걱정 안 해도 돼. 그냥 편히 쉬고 있어. 소설이는 유모 감시하고. 주방에 들어가면 말리고, 못 말리겠으면 소강이를 나한테 보내."

"네, 관주님!"

석진호는 소하정뿐만아니라 채소설에게도 신신당부했다.

인원이 인원인 만큼 무리하지 않았으면 싶어서였다.

처음과 비교하면 여인들이 많이 늘어났지만 정작 요리를 할 줄 아는 건 여전히 소하정, 채소설 둘뿐이었다.

그렇기에 석진호는 당부하고 또 당부했다.

"뭐 해? 얼른 안 앉고."

"어서 시작하자고."

"네네. 둘은 돌아가 봐."

소하정과 채소설을 돌려보낸 석진호는 비어 있는 자리에 앉았다.

그러자 기다렸다는 듯이 둘은 술잔부터 채우기 시작했다.

"좋다, 좋아!"

"진호가 이런 별미를 준비했을 줄이야. 역시 혈족밖에 없다니까!"

"오시길 잘했죠?"

"그럼, 그럼!"

더덕주로 대동단결하는 둘의 모습에 석진호가 피식 웃었다.

역시 술꾼들은 어쩔 수가 없다는 생각을 하면서 말이다.

무인환생

"근데 이런 기가 막힌 생각은 또 어떻게 했대?"

"뒷산에서 우연찮게 구해서요."

"신기하네. 그저 그런 뒷산에 이만한 더덕이 있다는 게."

"눈에 불을 켜고 찾아다닌다고 해서 꼭 보이는 건 아니니까요."

진수성찬이라고 해도 과언이 아닐 정도로 산해공의 다양한 음식들이 원탁 위를 채우고 있지만 두 사람이 가장 먼저 손을 뻗은 건 역시나 더덕주였다.

국자로 조심스럽게 술잔부터 채우는 둘의 모습에 석진호는 고개를 저으며 젓가락을 들었다.

"너도 한 잔 받아야지."

"되게 아까워하시는 표정인데요?"

"이런 술은 구하기가 어려우니까. 더구나 꽁술이지 않더냐, 흐흐흐!"

석덕월이 음충맞게 웃으며 술잔을 들었다.

생각지도 못한 귀한 술에 그는 만면에 미소를 지으며 석풍표국주와 술잔을 부딪쳤다.

"음식도 드시죠. 제가 처음으로 인수한 객잔에서 만든 요리들인데."

"그 유명한 초대하 요리는 없냐?"

"알고 계세요?"

석진호가 의외라는 듯이 반문했다.

선보인 지는 좀 되었지만 그래도 크게 알려지지는 않았을 거라 생각했는데 석덕월이 알고 있자 살짝 놀란 표정을 지었다.

"나는 늘 너에게 관심을 두고 있거든."

"그 관심, 이제는 다른 곳에 둘 때도 된 것 같습니다만."

"나도 진호 의견에 동의한다. 이제는 하루라도 빨리 여자를 찾아서 장가가야지."

석진호를 거들 듯이 석풍표국주가 말했다.

어느덧 석덕월의 나이 마흔다섯이었다.

늦어도 한참이나 늦은 나이였기에 석풍표국주는 이제 일보다는 혼인에 관심을 가졌으면 했다.

오랜 걱정거리였던 기반도 석진호의 도움으로 서서히 다져 가고 있으니 이제는 바깥일이 아닌 본인에게 집중했으면 싶었다.

"끄응! 국주님까지 그러시는 겁니까."

"나 봐. 나는 슬하에 아들딸 고루 있잖아. 대표두도 부럽다고 했고. 그러니 이제는 정착해. 무조건 올해 안에 가겠다고 다짐해야 할 때야."

"국주님께서 중매까지 해 주시면 금상첨화일 것 같습니다."

이번에는 석진호가 거들었다.

안 그래도 홀아비처럼 늙어 가는 석덕월이 걱정이었다.

武人還生
무인환생

돈과 명예, 거기에 몸도 아직은 건강했다.

하지만 하루가 다르게 노화가 이루어질 게 뻔하기에 석진호는 이참에 석덕월이 장가를 갔으면 싶었다.

"중매라. 내 떠오르는 이들이 몇 있긴 한데, 이 녀석 눈이 워낙에 높아서 말이지. 쓰잘데기없이 따지는 게 많다고나 할까. 제 주제도 모르고 말이지."

"막말로 예쁜 여자 싫어하는 사람 어디 있습니까?"

"넌 얼굴만 보는 게 아니라 몸매랑 심성까지 보잖아. 그런데 완벽한 여자가 노총각에 못생긴 널 배우자로 보려 할까?"

"커험!"

냉정하게 현실을 말하는 석풍표국주의 모습에 석덕월이 슬그머니 고개를 돌렸다.

사실 그도 알고 있었다.

이것저것 따지기에는 자신의 가치가 그리 높지 않다는 사실을 말이다.

"뭐, 그렇다고 해도 아직 나쁘지는 않지. 아직은. 나이가 좀 많을 뿐이지 직업도 확실하고 벌이도 꽤 많고. 눈만 현실적으로 낮추면 올해 안에 가는 게 불가능할 것 같지는 않은데."

"……고민해 보겠습니다."

방금 전까지 들떴던 기분이 삽시간에 가라앉았다.

또한 달짝지근했던 술이 갑자기 씁쓸한 맛으로 변했다.

"혼자 사는 것도 괜찮아. 부부의 즐거움은 못 느끼지만 대신 자유를 얻을 수 있으니까."

"그럼 구박하진 마셔야죠."

"내가 매일 해? 자연스럽게 거론될 때마다 한마디만 하는 거지."

"예예."

"근데 설명은 언제 해 줄 거야?"

석풍표국주의 시선이 조용히 음식을 먹고 있던 석진호에게로 향했다.

그러자 석덕월이 잘 걸렸다는 듯이 석진호를 쳐다봤다.

"무엇을 말씀이십니까?"

"사천당가의 여식들 말이다. 어떻게 여기에 있는 거야? 사천성과 하북성은 끝과 끝인데."

"말하자면 긴데요."

"내일까지 시간은 길어. 더더욱 술과 함께라면."

석풍표국주가 술잔을 채우며 말했다.

그 모습에 석진호는 간략하게 사천당가와 있었던 일을 설명했다.

"······그렇게 돼서 두 자매가 머무르게 된 겁니다."

"허어, 천년자패라니. 안 그래도 미룡이가 백년홍패를 은밀하게 판매한다는 소문이 있어서 혹시 너와 연관이 있나 물어보려고 했는데. 역시 미룡이 뒤에 네가 있었구나."

"뭐, 이제는 다 알고 있더라고요. 그렇게 비밀 유지에 신경

써 달라고 했는데."

석진호가 피식 웃으며 어깨를 으쓱거렸다.

하지만 언제까지나 지켜질 비밀은 아니었기에 크게 신경 쓰는 기색은 아니었다.

"흠흠! 그럼 혹시 남는 거 없느냐? 요즘 이상하게 기력이 달려서 말이다."

더덕주를 쉴 새 없이 들이켜던 석풍표국주가 은근한 목소리로 물었다.

몸에 좋다는 건 예전부터 챙겨서 먹고 있었지만 요즘 들어 크게 효과를 보지 못하는 것 같기에 석풍표국주는 내심 기대하는 표정을 지었다.

"없습니다. 텃밭에서 자라는 마늘처럼 원하는 때에 캘 수 있는 게 아니라서요. 천년자패도 천운이 닿아서 구한 겁니다. 그만한 영물은 찾는다고 해서 찾을 수 있는 게 아니니까요."

"그렇긴 하지……."

석풍표국주가 얼굴 가득 아쉬운 표정을 지었다.

천년자패는 언감생심 기대하지도 않았다.

그러나 백년자패는 조금 기대했는데 없다고 하자 깊은 한숨을 내쉬었다.

"셋째라도 만들려고 그러십니까?"

"크흠! 아니야. 힘이 넘쳐서 나쁠 것은 없으니까."

"제가 보기에는 기력이 약해지시진 않은 것 같은데요. 그나저나 저만 혼자네요. 저랑 같은 길을 걸을 줄 알았던 진호 녀석은 벌써부터 여자가 있고."

석덕월이 허탈하다는 표정으로 한숨을 푹푹 내쉬었다.

그런데 그 말에 석풍표국주가 헛웃음을 흘렸다.

"무슨 말도 안 되는 소리야? 진호가 왜 대표두와 같은 길을 걸어? 딱 봐도 진호는 삼처사첩을 누릴 상인데."

"이제는 관상도 보십니까?"

"관상까지 갈 필요 없지. 능력 있는 남자에게 미녀가 꼬이는 건 당연해. 역사가 증명하는 사실이지."

"허어!"

"너무 앞서가신 것 같습니다. 당 소저와 그런 사이 아닙니다."

진심으로 부럽다는 듯이 쳐다보는 석덕월을 향해 석진호가 손사래를 쳤다.

그러나 그 모습에 석풍표국주는 피식 웃었다.

무인환생

제30장 가깝고도 먼

"지금은 그럴지도 모르지. 하지만 과연 나중에도 그럴까? 그 성격 대단한 양반이 단순히 은혜를 갚으라고 딸내미를 남겨 뒀을 거 같아?"

"사천당가의 철칙을 표국주님도 아시지 않습니까. 받은 만큼 무조건 갚는다는 철칙을요."

"알지. 중원 사람 중에 그 사실을 모르는 이가 있을까. 근데 여기서 짚고 넘어가야 하는 건 진호 너의 가치지. 명왕이라 불리는 작자가 흔쾌히 딸내미가 남겠다는 걸 허락할 리가 없잖아. 분명 확인을 하려 했을 거야. 안 그래?"

석풍표국주가 다 안다는 듯한 표정으로 석진호를 지그시 쳐다봤다.

근데 그 표정이 묘하게 당문성과 비슷했다.

"딸 가진 아빠의 관점입니까?"

"물론이지. 어떻게 키운 딸인데 외간 남자에게 그냥 맡겨? 아무리 금쪽같은 딸을 구해 주었다고 하지만 이건 다른 문제지."

"예상하시는 일은 있었습니다. 결과는 저의 대패였고요."

"아니지. 중요한 건 네가 인정을 받았다는 거지. 천하의 명왕에게. 아마 기준점을 넘지 못했으면 제아무리 천년자패를 구해 줬어도 딸을 여기에 남겨 놓지는 않았을 거야."

석풍표국주가 확신하듯 말했다.

마찬가지로 딸을 가진 아빠로서 당군성의 입장을 충분히 이해할 수 있었기에 그는 단언할 수 있었다.

"부럽다. 엄청 미인이던데."

"……그런 거 아니라니까요."

"지금은 아니겠지. 근데 나중에도 과연 아닐까? 오라버니가 가가가 되고, 가가가 낭군님이 된다고 하던데."

"근데 대표두님은 어째서?"

"아픈 곳 찌르지 마라."

되로 주고 말로 받는 상황에 석덕월이 인상을 잔뜩 찌푸렸다.

그러더니 이내 폭음하듯 더덕주를 마시기 시작했다.

"사천당가라면 처가댁으로 훌륭하지. 권문세가나 명문 세가가 괜히 사천당가의 여식을 찾는 게 아니니까."

이미 기정사실화하는 석풍표국주의 모습에 석진호는 대답을 하지 않았다.

암만 말해 봤자 두 사람이 받아들이지 않을 것 같아서였다.

"진짜 부럽다. 나도 한때 여인들의 관심을 한 몸에 받던 때가 있었는데."

"그때 갔어야 했어. 대표두는 시기를 놓친 거지. 근데 이건 내 감인데 진호는 앞으로 더 몰릴 거야. 석가장에 있을 때도 도화가 찾아왔었잖아."

"아, 그리고 보니 도화는 그때 이후로 소식이 없네. 승천무관에 찾아왔다는 말도 없고."

더덕주를 퍼마시던 석덕월이 갑자기 궁금하다는 표정으로 석진호를 쳐다봤다.

하지만 석진호도 딱히 알고 있는 건 없었다.

서신을 주고받은 것도 없었고 말이다.

"폐관수련에 들어갔다고 하던데. 삼 남매가 전부."

"그건 또 어떻게 아셨습니까?"

"내가 석풍표국주잖아. 더구나 같은 하북성에 터를 잡고 있는데 그 정도도 모를까. 원치 않아도 이래저래 들리는 게 많아."

석풍표국주가 그리 말하며 의미심장한 눈으로 석진호를

처다봤다.

왠지 모르게 마주하기 께름칙한 눈빛에 석진호는 슬그머니 시선을 피하며 더덕주를 조금 들이켰다.

알싸한 맛과 함께 더덕의 진한 향이 콧속으로 파고들었다.

"즐길 수 있을 때 즐겨 둬. 젊음도 한때다."

"알겠습니다. 근데 저를 걱정해 주실 때가 아닌 것 같습니다만."

"인연이 있다면 만나겠지. 없으면 별수 없고."

석덕월이 자신은 급한 거 없다는 듯이 덤덤히 말하며 더덕주를 따랐다.

그런데 쉴 새 없이 들이켜서 그런지 더덕주가 어느새 반이나 줄어 있었다.

"작작 마셔! 아까운 술을 그렇게 서둘러 마시면 어떡해?"

"너무 맛있어서 그만. 근데 이거 다 마시고 다시 술 타면 되지 않을까요?"

"맛이 다르지, 맛이!"

"흑도라지로 담근 술도 있다고 하지 않았습니까."

아까워 죽겠다는 듯이 화를 내는 석풍표국주를 향해 석덕월이 넉살 좋게 웃으며 말했다.

하지만 석풍표국주는 단호했다.

"당연히 그것도 마실 거야. 하지만 지금은 더덕주에 집중할 생각이니까 그것만 마시고 그만 마셔. 나랑 진호도 마셔

武人還生
무인환생

야 하니까."

"너무하십니다. 고작 담금주 가지고……."

"그럼 대표두는 고작 담금주를 왜 그렇게 미친 듯이 들이 부어?"

서운하다는 듯이 말하는 석덕월을 향해 석풍표국주가 도 끼눈을 떴다.

그러자 석덕월이 입맛을 다시며 슬쩍 고개를 돌렸다.

"죽엽청도 있습니다."

"흔하디흔한 죽엽청이랑 더덕주는 급이 너무 다르지. 지금 죽엽청 마시면 입만 버려."

"그러시다면야."

쓸데없이 단호한 석덕월의 대답에 석진호는 어깨를 으쓱 거렸다.

저렇게나 싫어하는데 더 권하는 것도 좀 그랬기에 조용히 음식을 집어 먹었다.

"진호야."

"예, 표국주님."

"이 기 애들에 대해서 너에게 묻고 싶은 게 있는데 말이 다."

"말씀하세요."

석진호가 무엇이든 물어보라는 듯이 대답했다.

그 모습에 석풍표국주가 석덕월을 놀리듯 더덕주를 홀짝

이며 말을 이었다.

"오늘 일 기 애들의 성장세를 보고 정말 감명을 많이 받았어. 그리고 궁금증이 생겼지. 반년 만에 저 정도로 성장했는데 일 년 과정을 끊으면 얼마나 성장할지가 말이야."

"꼭 기간에 성장세가 비례하는 법은 아닙니다. 반년과 일 년은 두 배지만 근본적인 문제를 해결하지 못하면 성장은 정체될 수밖에 없습니다."

"공력 부분을 말하는 것이지?"

"예. 저로서야 일 년 과정을 끊으면 좋지만 금액 대비 효율을 생각하신다면, 글쎄요."

석진호는 솔직하게 말했다.

분명 강해지고 노련해지기는 할 터였다.

독기 역시 지금보다 두 배는 더 짙어질 테고.

하지만 명심해야 할 게, 승천무관은 무관이라는 틀에서 벗어나지 않는다는 점이었다.

기초는 확실하게 다져 줄 수 있지만 그 이상은 본인이 계속 노력하고 정진해야 했다.

"제일 효율이 좋은 건 반년 과정이라는 말이로구나."

"효율이 그렇다는 거고, 수련생 입장에서는 길수록 좋지요. 일단 길잡이가 있으니까요."

"확실히 그건 무시 못 하지."

괜히 좋은 스승을 만나야 한다는 말이 있는 게 아니었다.

무인환생

뛰어난 스승일수록 시행착오를 확실하게 줄여 줄 수 있으니까.

더 대단한 스승은 지름길을 가르쳐 주기도 했고.

'공력 문제를 단숨에 해결할 방도는 있지만 굳이 그렇게까지 할 필요는 없지. 돈도 돈이지만 어중간한 재능에 투자하는 것보다는 확실한 인재에게 투자하는 게 효과가 더 좋으니까.'

석풍표국주의 뇌리에 백년자패 등등이 떠올랐다.

하지만 그 귀한 영물을 일개 표사나 쟁자수에게 나눠 주는 건 말도 안 되었다.

차라리 최측근들 중에서 잠재력이 높은 이들에게 주면 모를까.

때문에 석풍표국주는 반년 과정으로 마음이 기울었다.

"그럼 다른 걸 물어보자."

"이제 화 좀 풀리셨습니까?"

"아니. 근데 지금은 일에 대한 이야기를 하는 거니까."

석덕월이 퉁명스러운 표정으로 슬쩍 석풍표국주를 쳐다봤다.

하지만 상념에 빠진 그는 석덕월의 시선을 알아차리지 못했다.

"말씀하세요."

"그 단기 속성 과정 있잖아, 초일류들만 신청할 수 있다는. 정말 벽을 넘게 도와줄 수 있어?"

"경험도 있습니다. 개인적으로 가능하다고 보고요."

"진짜?"

경험이 있다는 말에 석덕월은 물론이고 석풍표국주도 뒤늦게 놀란 표정으로 석진호를 쳐다봤다.

그 모습에 석진호는 고개를 주억거렸다.

다른 곳도 아니고 석풍표국에서 성공한 적이 있어서였다.

물론 그 일에 대해서 자세하게 설명할 마음은 없었다.

"믿기 어려우시면 신청 안 하면 될 일입니다."

"어떻게 통곡의 벽을 넘게 해 준다는 거야?"

무인에게는 크게 두 개의 벽이 찾아온다는 속설이 있었다.

그중 하나가 초일류에서 절정으로 넘어가는 벽이었는데 대부분의 무인들이 이 벽을 넘지 못하고 주저앉았다.

그래서 절정에 오른 이부터 고수를 붙여 절정 고수라고 말하는 것이고.

두 번째 벽은 절망의 벽이라 불리는 벽이었다.

초절정에서 초월경으로 넘어가는 경계에 존재하는 벽이었는데, 첫 번째 통곡의 벽과는 비교를 불허했다.

극악한 확률로 깨달음을 얻어야지만 넘을 수 있는 벽으로 한 시대에 이 경지에 도달한 자는 한 손에 꼽았다.

그런데 그중 하나인 통곡의 벽을 넘게 해 준다고 하자 석덕월은 반신반의하는 표정으로 물었다.

"영업 비밀입니다. 제 밑천인데 함부로 깔 수는 없죠."

무인환생

"으음!"

"농담이고, 뚫릴 때까지 두들기면 됩니다. 깨달음이 반드시 있어야 하는 절망의 벽과 달리 통곡의 벽은 의외로 쉽게 넘어가는 이들이 꽤 많습니다. 단순히 공력만 갖춰 줘도 어느 정도 흉내는 내고, 그게 익숙해지면 완전한 검기성강을 이루게 되죠. 그래서 생각했습니다. 다른 사람이 그걸 유도해 줄 수도 있지 않을까. 다른 길을 다 배제시키고 오직 하나만 생각하게 유도하면 어떨까 하고요."

"하긴. 벽을 마주하면 쓸데없이 생각이 많아지기는 하지."

석덕월은 물론이고 석풍표국주도 고개를 주억거렸다.

둘 다 통곡의 벽을 마주한 적이 있기에 석진호의 말을 십분 이해할 수 있었다.

"다만 문제는 누구도 그걸 해 주려 하지 않는다는 점이죠. 사승 관계로 이루어진 동문이라면 가능하겠지만 석풍표국과 같이 계약으로 묶여 있는 곳에서는 하기 힘든 방법입니다. 막말로 도와주었다가 금세 자신이 따라잡힐 수도 있다는 생각을 은연중에 할 테니까요. 친분은 있어도 어떻게 보면 경쟁자이기도 하니까요."

"……우리 사정을 너무 잘 아는데?"

"원래 세상은 경쟁의 연속이지 않습니까. 수십, 수백 년의 세월이 흘러도 심해지면 심해졌지 덜해지지는 않을 겁니다."

"반대로 말하면 넌 따라잡히지 않을 자신이 있다?"

"예."

석진호가 단호하게 말했다.

그런데 이상하게도 그게 두 사람은 오만하게 보이지 않았다. 지금까지 보여 준 모습이 있기에 되레 당당해 보였다.

"이 부분에 대해서는 한번 진지하게 생각해 볼 필요가 있겠는데."

"계약 기간을 늘리면 되니까요. 일단 진호가 우리에게 독점으로 해 주겠다고 약속하기도 했고."

"평생은 아닙니다."

"어? 갑자기 말을 바꾸기야?"

석덕월이 두 눈을 화등잔만 하게 했다.

하지만 석진호는 단호했다.

"저희도 먹고살아야죠. 보시다시피 부양해야 할 인원이 좀 늘어나서요."

"황화현 상권을 씹어 먹고 있으면서 웬 약한 소리야?"

"이 작은 마을 상권 씹어 먹는다고 해서 큰돈 버는 거 아닙니다. 티끌은 모아 봤자 티끌입니다."

석진호가 손가락을 휘휘 저었다.

그러나 두 사람 다 그 말을 믿지 못했다.

당장 오늘 석진호가 받을 금액도 적지 않아서였다.

"미룡이에게서 들어오는 돈도 적지 않잖아?"

"불규칙하니까요. 안정적인 수입원은 아니죠."

武人還生
무인환생

"허, 참."

한마디도 지지 않는 석진호의 모습에 석덕월은 기가 차다는 표정을 지었다.

반면에 석풍표국주는 진지한 얼굴로 고민에 잠겼다.

다른 십대표국에 비해 고수층이 얇은 석풍표국이었기에 단기 속성 과정을 허투루 넘기지 않았던 것이다.

게다가 언제까지 독점적 지위를 누릴 수 있을지 장담할 수 없기에 석풍표국주는 내심 결정을 내렸다.

한가로운 오전을 만끽하며 당하린은 목장 아닌 목장을 둘러봤다. 다양한 가축들이 목채 안에서 생활하고 있었지만 의외로 동물들끼리의 싸움은 벌어지지 않았다.

각자의 영역을 존중하며 평화롭게 지냈던 것이다.

"여기만 오면 마음이 정화되는 느낌이야."

"너야 예전부터 동물을 좋아했으니까."

"하지만 흑휘만 한 아이는 없어."

"그 정도면 집착이야."

당하린이 헛웃음을 흘리며 동생을 쳐다봤다.

그러나 당아린은 진지했다.

이대로 포기할 생각은 눈곱만큼도 없었다.

무슨 수를 써서라도 품에 안고 싶기에 당아린은 두 눈을 형형하게 빛냈다.

"집착이 뭐 어때서. 언니도 인정하잖아. 우리 흑휘가 얼마나 귀엽고 도도한지. 그런 매력을 지닌 아이를 난 지금껏 본 적이 없어."

"만지지도 못하면서 우리 흑휘라니."

"곧 나한테도 올 거야!"

당아린의 고함에 여유롭게 모이를 먹던 닭들과 꿩들이 일제히 푸드덕거렸다.

심지어 여물을 씹던 황소도 퉁방울만 한 눈을 끔뻑이며 당아린을 쳐다봤다.

"애들 놀라게 왜 큰 소리야."

"아, 미안해!"

당아린이 급하게 사과했다.

한 성깔 하는 당아린이었지만 그건 사람들에게만 해당하는 것이었다.

동물들에게는 아니었기에 당아린이 부드럽게 웃으며 가축들과 일일이 눈을 맞췄다.

"근데 의외로 오래 있네. 난 얼마 못 버티고 본가로 돌아갈 줄 알았는데."

"흑휘를 품에 안아 보기 전까지는 절대 그 어디도 안 가."

"어휴, 집착녀. 그 정도면 병이야, 병."

무인환생

"귀여운 걸 어떡해?"

"어쩌면 그 집착 때문에 흑휘가 다가가지 않는 걸 수도 있어."

사람도 상대방이 너무 매달리면 도망가기 일쑤였다.

그렇기에 당하린은 흑휘도 그럴 거라고 생각했다.

더욱이 흑휘는 평범한 동물도 아니고 영물이지 않던가.

"그래도 너무해. 한 번쯤은 와 줄 때도 됐는데."

"나 같아도 무서워서 근처에 안 다가가겠다."

"도대체 왜 나한테만 안 오는 거지?"

당하린이 진심으로 서운한 표정을 지었다.

지금까지 수없이 많은 방법을 시도해 봤지만 결과는 전부 실패였다.

그래서 그녀는 시무룩한 얼굴로 어깨를 축 늘어뜨렸다.

"여기 계셨네요."

"아주머니."

"두 분 다 목장을 참 좋아하시는 것 같아요."

"저보다는 아린이가 좋아해요. 어릴 때부터 동물을 좋아했거든요. 늘 독충들이랑 독사, 독초만 봐서 그런지 동물을 좋아하더라고요. 저도 아린이만큼은 아니지만 지켜보는 걸 좋아하고요. 흑휘도 안녕?"

냐아옹.

호위 무사라도 되는 것처럼 소하정의 옆을 바짝 따르고 있는 흑휘에게 당하린이 웃으며 인사했다.

그러자 흑휘가 대답하듯 짧게 울고는 울타리 위로 올라탔
다.

"흑휘야, 안녕?"

휘익!

하지만 당아린의 인사는 받아 주지 않았다.

예의 도도한 얼굴로 고개를 휙 돌려 버리는 모습에 당아린
이 울상을 지었다.

"안녕하세요."

"좋은 아침."

뒤이어 당하린은 채소강, 채소설 남매와도 인사를 나눴다.

특히 채소강은 자매와 인사를 하자마자 익숙하게 목장 안
으로 들어가 바구니에 계란과 꿩알들을 담았다.

"오빠, 나도 도와줄게!"

"애들 먹이 좀 봐서 부족하다 싶으면 채워 놔. 똥은 내가
풀 테니까."

"나도 할 수 있는데."

"너는 요리해야지. 이건 내가 할 테니까 이 바구니 가지고
가."

익숙하게 맡은 바 일을 하는 남매의 모습에 당하린이 부드
러운 미소를 지었다.

당아린은 시시하다고 말하지만 그녀의 생각은 달랐다.

무인환생

이렇게 평화롭고 한가한 생활이 당하린은 너무나 좋았다.

그동안 바쁘게 살았으니 한동안 유유자적하게 지내고 싶었다.

'그렇다고 수련을 안 하는 것은 아니니까.'

승천무관에 머문 지 제법 시간이 흘렀지만 그녀나 당아린은 단 하루도 수련을 빼먹지 않았다.

본가에서만큼은 아니지만 그래도 몸이 굳지 않을 정도는 수련했다.

대련도 매일 했고 말이다.

게다가 간간이 석진호와도 대련을 했기에 실력이 나아지면 나아졌지 퇴보하지는 않았다.

'요리를 배우는 것도 나름 재미있고 말이지.'

소하정과 친해진 계기도 요리를 배우면서부터였다.

재료를 어떻게 배합하느냐에 따라 맛이 천차만별로 달라지는 게 신기하면서도 재미있었기에 자연스레 빠져든 그녀는 요즘 새로운 음식 개발에도 참여하고 있었다.

가지고 있는 약초에 대한 지식을 이용해 소하정을 도왔던 것이다.

'묘하게 독을 제조하는 거랑 비슷하기도 하고.'

특히 새로 개발한 음식을 석진호나 다른 식구들이 맛있게 먹는 걸 보면 그녀는 보람을 느꼈다.

무인으로서가 아니라 여인으로서의 즐거움을 느끼기 시작

했던 것이다.

"오늘 아가씨께서 말하신 향신료가 왔어요. 점심에는 그걸 사용해서 음식을 만들어 봐요."

"향이 강한 녀석이라 잡내나 비린내가 강한 식재료에도 어울릴 거예요."

"그럼 오랜만에 토끼를 잡아 볼까요?"

"사슴도 괜찮을 것 같아요."

야산에서 살다가 천적으로 인해 자연스레 흑휘의 영역으로 들어온 산토끼들과 사슴들을 쳐다보며 두 여인이 눈을 빛냈다.

그런데 그 시선을 느낀 것인지 몇 마리가 슬금슬금 산에 가까운 울타리 쪽으로 움직이기 시작했다.

"남은 고기는 육포로 만들면 되니까요. 흑휘가 좋아하기도 하고."

육포라는 말에 한가로이 엎드려 있던 흑휘가 두 귀를 쫑긋거렸다.

그러면서 슬그머니 소하정을 쳐다봤다.

"소고기로 만든 육포가 가장 맛있지만 다른 재료로 만든 육포도 별미이기는 하니까. 그렇지?"

냐옹!

당연하다는 듯이 대답하는 흑휘의 모습에 소하정이 빙그레 웃었다.

무인환생

하지만 당아린만은 웃지 못했다.

"가끔 보면 흑휘가 아주머니의 호위 무사 같아요."

"저도 그렇게 생각해요. 흑휘가 있으면 진짜 든든하거든요. 윤이와 마룡이도 많이 강해졌다고 하지만 아직 흑휘한테는 안되는 모양이더라고요."

"얌전한 거 보면 진짜 신기해요. 애교도 잘 부리고."

"도련님 말로는 호랑이도 때려잡을 수 있다 하더라고요."

마치 막내 자식을 자랑하는 것처럼 소하정이 말했다.

하지만 그 말을 당하린이나 당아린은 농담으로 듣지 않았다.

영물인 흑휘라면 산왕(山王)이라 불리는 호랑이를 때려잡는 것도 불가능하다고는 생각하지 않아서였다.

"근데 맹수라고 하기에는 너무 귀엽죠, 우리 흑휘는."

"맞아요."

궁둥이를 부드럽게 두드려 주는 당하린의 손길을 흑휘는 가만히 음미했다.

배를 제외하면 다른 부위는 너그럽게 참아 줄 수 있다는 듯이 두 눈을 감고 있는 모습에 당하린이 옅은 미소를 지었다.

그러나 슬쩍 당아린이 다가오자 귀신같이 알아차리고는 훌쩍 물러났다.

"히잉!"

"곧 익숙해질 거예요."

"얼마나 더 기다려야 하는 거니."

소하정의 위로에도 당아린은 좀처럼 실망한 표정을 지우지 못했다.

하지만 당아린이 그러거나 말거나 흑휘는 도도하게 일을 다 보고 돌아온 채소설에게 다가갔다.

"에취!"

"갑자기 웬 재채기예요? 아직 여름인데."

"갑자기 코가 간지러웠어. 누가 내 얘기 하나?"

뜬금없이 튀어나온 재채기에 정마릉이 코를 훌쩍였다.

그러면서 그는 시전을 빠르게 훑었다.

소하정이 부탁한 품목을 찾았던 것이다.

"아이고, 정 무사님!"

"오랜만이에요!"

"요즘 얼굴 보기가 너무 힘든 거 아니에요?"

저잣거리에 도착하기 무섭게 곳곳에서 정마릉과 탁윤을 향해 인사를 건넸다.

하나같이 밝은 얼굴로 말이다.

"하하, 요즘 수련생들이 새로 와서요. 그래서 정신이 없습니다."

武人還生
무인환생

"얘기는 들었어요. 이번에는 어린아이들이라고요."

"저희랑 비슷한 또래도 있습니다."

"그런데도 정 무사님이랑 탁 무사님은 무공 교두시잖아요. 정말 대단한 것 같아요."

정마룡의 입꼬리가 씰룩였다.

단순히 띄워 주는 말이었지만 그럼에도 기분이 좋았던 것이다.

특히나 정 무사님이라는 호칭은 언제 들어도 그를 설레게 만들었다.

더 이상 하인이 아닌 한 명의 무인이 된 것 같아서였다.

"이것 좀 드세요! 방금 전에 만든 거예요!"

"괜찮습니다. 상인분들께 공짜로 받아먹는 거 아시면 관주님이 화내십니다."

"에이! 우리끼리만 아는 건데요. 그리고 이거 얼마나 한다고요."

"정말 괜찮습니다."

정마룡이 웃으며 끝까지 거절했다.

승천무관이 황화현에 터를 잡은 후로 번화가는 청정 지역이 되었다.

두 번의 청소로 뒷골목이 말끔히 정리되었던 것이다.

물론 아직도 흑도 무리가 남아 있기는 했지만 예전처럼 저잣거리를 마음대로 활보하지는 못했다.

그걸 저잣거리의 상인들도 알기에 이렇게 지나가다 마주 치면 하나라도 챙겨 주려는 것이었다.

"술이 생각나면 언제라도 오세요."

"두 분께는 값을 받지 않을 테니까요, 호호호!"

거기에 야시시한 옷차림의 여인들이 은근히 추파를 보냈 지만 정마룡은 그 유혹에 넘어가지 않았다.

지금의 관심과 호사가 다 석진호 덕분임을 너무나 잘 알아 서였다.

게다가 황화현 사람들이 자신이나 탁윤에게 호의를 보이 는 이유는 너무나 명약관화했다.

석진호와 어떻게든 줄을 대 보려는 게 뻔했기에 정마룡은 적당히 웃으며 지나갔다.

"형도 많이 달라지신 거 같아요."

"내가?"

"예. 예전이었다면 여인들이 보내는 추파에 헬렐레하며 넘 어갔을 텐데."

"그리고 가진 돈을 모조리 탕진했겠지."

"잘 아시네요."

탁윤이 히죽 웃었다.

그런데 예전의 순박했던 미소와는 상당히 달랐다.

세속의 때가 상당히 묻어 있는 느낌이라고나 할까.

"너도 은근히 사악해졌어."

무인환생

"저는 있는 그대로의 사실만 말했을 뿐인데요."

"오늘따라 예전의 순진무구했던 윤이가 그리워지는구나."

"무슨 소리세요."

능청스럽게 고개마저 숙인 후 절레절레 젓는 정마룡의 모습에 탁윤이 어이없다는 표정을 지었다.

그러는 사이 소하정이 부탁한 물건들은 차곡차곡 두 사람의 손에 들렸다.

"여어! 별일 없지?"

"예! 오늘도 장사 잘되고 있습니다!"

"너무 무리하지는 말고, 다 잘 먹고 잘 살자고 하는 일이니까 건강 챙기면서 해."

"넵!"

"일하다가 애로 사항이 생기면 언제든지 말하고."

저잣거리를 가로지른 두 사람은 이내 하정객잔 본점과 분점에도 들렀다.

밖으로 나온 김에 별일 없나 두 곳도 살핀 것이었다.

"오빠들! 물 한 잔 드시고 가세요!"

"고마워."

"아니에요!"

"인기 많으셔서 좋으시겠어요."

쟁반을 든 채로 얼굴을 붉히며 도망치듯 몸을 돌리는 소녀를 보며 탁윤이 팔꿈치로 정마룡의 어깨를 두드렸다.

키가 크다 보니 허리를 굽히지 않으면 팔꿈치가 정마룡의 어깨에 닿았던 것이다.

"인기는 무슨. 쟤 아직 애야. 나도 당분간은 혼인 생각 없고."

"중매하겠다는 사람은 많지 않아요?"

"그건 너도 마찬가지 아냐?"

"저는 관주님께서 알아서 챙겨 주실 것 같아서요. 객잔주님도 계시고."

피차일반 아니냐는 듯이 반문하는 정마룡을 향해 탁윤은 어깨를 으쓱거렸다.

여자에 관심이 딱히 없기도 하지만 그 부분에 대해서는 크게 걱정하지 않아서였다.

"나도 같은 생각이기는 한데……."

"마음에 드는 처자가 있으세요?"

탁윤이 두 눈을 크게 떴다.

어째 말하는 모양새를 보니 마음에 둔 여인이 있는 것 같아서였다.

"아니, 그런 건 아니고. 그냥 관주님이 많이 부러워서. 우리와는 다른 세계에 사는 것 같다고나 할까."

"그걸 이제 아셨어요?"

"아는 거하고 체감하는 거하고는 다르지. 나도 알고는 있었어. 요즘 들어 새삼 느끼는 거지."

"지금은 일로 정진할 때입니다. 작은 과실에 만족할 때가

무인환생

아니에요."

탁윤이 짐짓 엄한 표정을 지었다.

평소에는 묵묵히 자기가 맡은 바 일을 하는 그이지만 그렇다고 할 말을 안 하는 성격은 아니었다.

지금까지는 굳이 할 필요가 없었기에 하지 않았을 뿐이다.

"당연히 알지. 나 그렇게 생각 없는 놈 아냐. 이 정도에 만족할 정도로 욕심이 작지도 않고. 더욱이 지금이 승천무관에 있어 얼마나 중요한 시기인지 아는데. 더 열심히 해도 모자랄 판에 딴 곳에 한눈을 팔 생각 없다."

"그렇다면 다행이고요."

"우리 때문에 관주님께 피해가 가서는 안 돼."

"저는 해당 사항이 없는 것 같은데요?"

"나만 조심하면 된다는 거냐?"

걸어가던 정마륭이 헛웃음을 흘렸다.

그러나 기분 나빠하지는 않았다.

악의 없는 농담이라는 걸 알아서였다.

그런데 그때 정마륭의 귀에 이상한 소리가 들려왔다.

끼이잉. 끼잉.

"형도 들으셨죠?"

"응. 산에서 들리는 것 같은데?"

희미하게 들리는 야생동물 소리에 정마륭이 멈칫거렸다.

자기들만의 삶이 있는데 괜히 끼어드는 건 아닌가 싶어서였다.

"새끼 짐승인 거 같은데 한번 가 보죠."

"멀리서 보고만 오자."

제31장 깽판은 아무나 치나

애처롭게 우는 소리는 분명 작은 새끼들이 내는 울음소리
였다.

그렇기에 정마룡은 양손에 짐을 한가득 든 채로 조심스럽
게 가던 길에서 조금 벗어나 있는 산을 올랐다.

잠시 후 두 사람은 수풀 속에서 자기들끼리 모여 있는 세
마리의 새끼들을 발견할 수 있었다.

"강아지?"

"야산에는 개보다 늑대가 살지 않을까요?"

"근데 왜 굴이 아닌 이런 곳에 있어?"

털북숭이 세 마리가 옹기종기 모여 오들오들 떨고 있는 모
습에 정마룡이 고개를 갸웃거렸다.

늑대라면 보통 굴에서 생활하는 것으로 알고 있어서였다.

그리고 늑대라고 하기에는 세 마리가 너무나 귀엽게 생겼다.

"들개일 수도 있겠네요."

"그게 더 가능성이 높은데. 근데 어미를 찾아서 여기까지 온 건가?"

"이대로 놔두면 죽을 거예요."

"그렇겠지."

이제 막 눈을 뜬 것으로 보이는 새끼들이 낑낑거리는 모습에 정마룡이 무거운 표정을 지었다.

이렇게 새끼들이 우는데도 부모가 나타나지 않는다는 건 오직 한 가지만을 뜻했다.

변고를 당해서 오고 싶어도 올 수가 없는 상황인 게 분명했기에 정마룡은 자기도 모르게 한숨을 내쉬었다.

끼이잉.

그때 세 마리 중 가장 통통한 녀석이 두 사람의 냄새를 맡았는지 엉금엉금 기어 오기 시작했다.

두 사람 손에 들린 식재료 냄새를 맡아서인지, 아니면 두 사람이 자신을 보호해 줄 수 있는 존재라고 여긴 것인지 겁도 없이 다가온 녀석이 똘망똘망한 눈동자로 둘을 올려다봤다.

그리고 그 뒤로 나머지 두 마리가 따라서 다가왔다.

"어떻게 하실 생각이세요?"

武人還生
무인환생

"목장에 강아지 세 마리 늘어난다고 해서 크게 일이 많아지지는 않겠지?"

"그렇긴 한데, 늑대면요?"

"원래 개도 야생 늑대를 길들인 거라잖아. 그리고 흉성이 있으면 어때. 아직 새끼인데 잘 길들이면 되지. 실패해도 우리에게는 목장의 왕이 있잖아."

정마룡이 씨익 웃으며 첫째로 보이는 아이를 조심스럽게 안아 들었다.

그런데 생전 처음 보는 사람일 텐데도 새끼는 자연스럽게 정마룡의 손을 핥았다.

적의가 없다는 걸 아는 모양인지 꼬리를 살랑거리는 모습에 정마룡이 웃으며 목을 긁어 주었다.

"하긴. 우리에게는 흑휘가 있죠. 족제비도, 오소리도, 늑대도 때려잡는 작은 맹수가요."

"좀 건방지기는 한데 애는 착하니까. 말도 잘 듣고 명석하고."

"통제는 확실히 되긴 하겠네요."

많이 성장한 둘도 흑휘가 마음먹고 움직이면 따라잡지 못했다.

오히려 고양이 주먹에 얼굴을 헌납해야 했기에 탁윤은 쓸데없는 걱정을 했다고 생각하며 나머지 두 마리를 들어 품에 안았다.

헥헥헥!

따스한 품이 그리웠는지 두 마리의 새끼들이 낯설어하기는커녕 오히려 꼬리를 흔들며 손과 팔을 핥아 대자 탁윤은 자기도 모르게 아빠 미소를 지었다.

석진호의 허락 없이 군식구를 데려가는 것 같아 걱정이 되었지만 그럼에도 귀여운 건 사실이었기에 탁윤은 따뜻한 눈빛으로 새끼들을 쳐다봤다.

"저희 왔습니다!"

세 마리의 새끼를 데리고서 두 사람은 곧바로 승천무관으로 향했다.

그러자 앞마당 여기저기에 널브러져 있는 이 기 수련생들의 모습이 눈에 들어왔다.

반면에 같이 구보를 했을 게 분명한 석진호는 땀 한 방울 흘리지 않았다.

매일 함께 뛰던 채소강도 땀범벅이기는 했지만 크게 지친 듯한 모습은 아니었다.

"늦었네?"

"예기치 못한 일이 있어서요."

"그 녀석들?"

"예에."

석진호의 시선이 정마룡과 탁윤의 품에 안겨 있는 세 마리의 작은 짐승들로 향했다.

복슬복슬한 털과 달리 한동안 밥을 제대로 먹지 못했는지 통통해야 하는 배는 홀쭉해져 있었다.

"늑대네?"

"들개 아니에요?"

"응. 참고로 승천무관 근처에 들개는 없어. 늑대의 영역이거든. 번화가 쪽의 평야라면 모를까 우리 뒷산은 늑대들의 영역이야. 너희도 산에 약초 캐러 갈 때 봤잖아?"

아직 새끼라서 그런지 사람을 조금도 경계하지 않는 모습에 석진호가 다가가 머리를 쓰다듬었다.

그런데 그때 바람처럼 흑휘가 나타났다.

새로운 짐승의 냄새를 맡고는 주방에서 앞마당까지 번개같이 달려온 것이었다.

쿵쿵!

단숨에 석진호의 어깨 위에 자리를 잡은 흑휘가 날카로운 눈으로 아기 늑대 삼 형제의 냄새를 맡았다.

하지만 새끼라는 걸 알아서인지 사납게 대하지는 않았다.

끼잉! 낑!

대신 흑휘의 등장에 아기 늑대 삼 형제가 대경실색했다.

덩치는 크게 차이 나지 않았지만 본능적으로 무시무시한 존재라는 걸 알아차린 모양인 듯 세 마리는 어떻게든 흑휘와 거리를 벌리고 싶다는 듯이 정마룡과 탁윤의 품속으로 파고

들었다.

"물러나. 애들 겁먹잖아."

냐아옹.

새 식구에 관심을 보이던 흑휘가 석진호의 말에 귀를 축 늘어뜨렸다.

자신은 단지 반가워해 준 것뿐인데 아이들이 겁에 질리자 시무룩해진 것이었다.

"시, 싫어하는 건 아니죠? 원래 고양이랑 개랑은 사이가 별로 안 좋잖아요."

"그것도 비슷한 또래일 때나 통용되는 일이지. 흑휘 나이가 몇 살인데. 너희는 할아버지가 갓난아기한테 질투하는 거 봤어?"

"아, 그렇게 되나요?"

"흑휘한테는 핏덩어리 중의 핏덩어리야. 경계의 대상이 아니지. 당장 발톱으로 찌르기만 해도 애들은 그냥 저승행이야."

석진호의 말에 정마륭이 다행이라는 듯이 고개를 주억거렸다.

믿고는 있었지만 그래도 일말의 걱정이 있었는데 다행히 괜한 걱정인 듯싶었다.

"다행이에요."

"근데 네가 키우려고?"

"예. 불쌍하기도 하고, 입구에 개를 놔둬서 나쁠 건 없을 것 같아서요."

"개가 아니라 늑대라니까."

지금이야 귀여운 강아지처럼 보이겠지만 실상은 늑대였
다.

게다가 야생에서 살던 녀석이니만큼 어려서부터 키운다고
해도 흉성을 완벽하게 지우기는 힘을 터였다.

물론 흑휘가 있기에 불미스러운 일은 벌어지지 않겠지만
그래도 개라고 착각해서는 안 되었다.

"그리고 흑휘처럼 영물이 될 수도 있지 않겠습니까?"

"호오."

"영물도 처음에는 한낱 미물에서 시작하지 않았습니까?
스스로 영성을 깨쳐 영물이 된다면 사람이 그걸 도와줄 수
있지 않을까요?"

정마룡이 조심스럽게 자신의 의견을 냈다.

그런데 그게 의외로 실현 가능성이 낮지 않았다.

다른 이들이야 말도 안 되는 소리라고 생각하겠지만 석진
호는 달랐다.

그에게는 보물 창고라고 해도 과언이 아닌 바다가 있어서
였다.

냐옹.

심지어 흑휘는 백년홍패 등등을 먹고 예전보다 몇 배는 족
히 더 강해진 상태였다.

덩치는 별반 달라지지 않았으나 내단의 기운은 그야말로 말도 안 되게 성장한 상태였기에 석진호는 가능성이 있다고 생각했다.

"실현 가능성은 충분히 있어. 근데 문제는 이 녀석들이 과연 감당할 수 있느냐지. 아니, 감당해도 끝끝내 영성을 깨치지 못할 수도 있다. 어쩌면 폭주할지도 모르고."

헥헥헥!

섬뜩하기 짝이 없는 말에도 아기 늑대 삼 형제는 꼬리를 흔들며 애교를 부렸다.

사람 말을 알아듣지 못했기에 본능에 충실했던 것이다.

하지만 그런 아기 늑대 삼 형제의 모습에도 정마릉은 시도해 보고 싶었다.

시도하면 성공할 가능성이 반밖에 되지 않지만 시도조차 않으면 실패할 확률이 십 할이었다.

'꼭 흑휘가 부러워서 이러는 건 아니고.'

위험하다 싶으면 그때 멈추면 되는 일이었기에 정마릉은 일단은 시도해 보고 싶었다.

"그래도 해 보고 싶으면 해. 대신 구하는 것도 너희가 하고."

"감사합니다!"

"나에게 감사할 것 없어. 이미 목장은 가득 찼으니까, 거기에 세 마리가 늘어난다고 해서 티가 나겠어? 흑휘에게도 부하가 생겨서 나쁠 것은 없고."

냐앙!

부하라는 말에 흑휘가 눈을 반짝였다.

미처 거기까지는 생각하지 못했다는 표정이었다.

물론 아직은 새끼인 만큼 상당한 시간과 돌봄이 필요하겠지만 그건 정마룡과 탁윤이 할 것이기에 흑휘가 신경 쓸 필요는 없었다.

"벌써부터 서열이 정해진 건가요……."

"서열은 무슨. 어차피 흑휘 아래로 딱히 이인자라 할 수 있는 녀석이 없는데. 왕만 있고 신하만 있는 셈이잖아. 그러니까 잘 키워 봐. 그 세 마리가 서열 이 위, 삼 위, 사 위가 될 수 있게. 우선은 밥부터 먹여야 할 것 같다만."

홀쭉해진 배를 보며 석진호가 말했다.

겉모습만 봐도 야산에서 얼마나 고생했을지 훤히 보여서였다.

그러면서 인연은 인연이라는 생각이 들었다.

인연이 아니었다면 진즉에 다른 짐승의 배 속에 들어가 있을 테니까.

"일단 염소젖부터 먹이겠습니다."

"그렇게 해."

석진호의 허락에 정마룡이 채소강에게 사 가지고 온 짐을 맡기고 탁윤과 함께 서둘러 목장으로 향했다.

그리고 그 모습을 석진호가 지그시 쳐다봤다.

"가능성이 있을까요?"

"왜? 너도 한 마리 구해 오게?"

"……있으면 나쁘지 않을 것 같긴 해서요."

채소강이 민망한 듯 볼을 긁적였다.

하지만 표정은 내심 끌린다는 기색이었다.

"다들 흑휘가 부러웠던 모양이네. 하긴, 당 소저도 이 녀석 쓰다듬고 싶어서 안달이 났으니."

고로롱. 고롱.

오랜만에 만져 주는 석진호의 손길에 흑휘가 기분 좋다는 듯이 두 눈을 감고 음미했다.

특유의 기분 좋을 때 내는 소리를 내면서 말이다.

그리고 그 모습을 채소강이 진심으로 부러운 듯 쳐다봤다.

일단의 무리가 승천무관 앞에 멈춰 섰다.

그런데 그들에게서 흘러나오는 기세가 심상치 않았다.

하나같이 적대적인 눈빛으로 승천무관의 현판을 쳐다봤던 것이다.

"여기가 승천무관입니다."

"벽풍뇌호가 여기에 있단 말이지."

"그렇습니다."

"들어가자."

갈색 무복을 입고 있는 중년인이 활짝 열린 대문으로 성큼성큼 걸어갔다.

그 뒤를 범원강이 비릿한 조소를 머금고서 뒤따랐다.

이윽고 탁 트인 앞마당에서 땀을 뻘뻘 흘리는 사십여 명의 소년들이 방문자들의 눈에 들어왔다.

"관주를 데려오너라!"

갑자기 등장한 그들의 모습에 이 기 수련생들이 당황한 표정으로 쳐다볼 때 범원강이 소리쳤다.

목소리에 내공을 가득 실어 소리쳤던 것이다.

그러자 여기저기에서 수련생들이 귀를 부여잡고 주저앉았다.

"쯧쯧! 고작 이 정도도 견디지 못해서야."

공동파 특유의 수실이 달린 검을 패용하고 있던 중년인이 혀를 찼다.

누가 시골구석에 있는 무관 아니랄까 봐 한심하기 짝이 없는 수준에 중년인은 고개를 저었다.

"괜히 시골 무관이겠습니까."

"그놈의 앞날도 뻔하군. 이딴 곳에서 저런 쓰레기 같은 녀석들이나 가르치고 있어서야. 성장은커녕 퇴보하겠어."

"그러니까 더더욱 현실을 알려 주어야 하지 않겠습니까. 세상이 얼마나 넓은지, 그리고 자신이 어떤 실수를 저질렀는지를요."

"기고만장할 때 한 번씩 현실을 가르쳐 주는 게 강호 선배의 도리이기도 하지."

진규악의 자신만만한 말에 범원강의 미소가 짙어졌다.

제아무리 석진호가 육룡에 비견될 무인이라고 해도 공동파의 일대제자이자 이미 십 년 전부터 절정 고수로 이름을 날린 진규악에 비하면 어린아이나 마찬가지였다.

때문에 범원강은 진규악의 손에 박살 날 석진호의 모습을 떠올리며 히죽 웃었다.

상상하는 것만으로도 십 년 묵은 체증이 내려가는 듯한 느낌이었다.

'피해도 상관없다. 망신을 줄 방법은 수도 없이 많으니.'

저벅저벅.

복수심에 불타는 범원강이 스산한 눈빛을 흘릴 때 드디어 건물 안에서 인기척이 느껴졌다.

이윽고 서서히 드러나는 석진호의 모습에 범원강의 입꼬리가 비틀어졌다.

"누군가 했더니, 너였구만?"

"석진호!"

"아빠로는 부족하니 본산에서 사람을 데려왔구만."

흉흉한 범원강과 백마표국 무리의 눈빛에도 석진호는 조금도 당황하지 않았다.

武人還生
무인환생

오히려 재미있다는 눈빛으로 진규악을 쳐다봤다.

"역시나 들었던 대로 무례한 녀석이로군. 강호의 선배를 봤음에도 인사도 하지 않다니."

"어이가 없네. 나를 후배로 생각지도 않으면서 지는 선배 대접을 받고 싶다는 건가? 그건 도대체 무슨 심보야?"

"어린놈이 예의가 없구나!"

"예의는 그쪽에서 먼저 무시했잖아. 지금의 상황이 정상적인 방문이라고 생각해? 어떤 방문객이 그따위로 행동해? 아, 공동파는 그렇게 찾아가도 되는 건가?"

"이노옴!"

사문까지 묶어서 무시하는 석진호의 말에 진규악이 더 이상 참지 못하겠다는 듯한 얼굴로 땅을 박찼다.

하지만 속내는 달랐다.

석진호의 거침없는 말로 인해 명분을 얻었기에 속으로는 웃으며 진규악이 검을 뽑았다.

"진즉부터 이렇게 나왔어야지. 시비를 걸러 왔으면서 점잖은 척하기는."

노성과 달리 입가에는 비릿한 조소가 맺혀 있는 진규악의 모습에 석진호가 피식 웃었다.

누가 봐도 잘 걸렸다는 표정이어서였다.

"버릇을 고쳐 주마!"

쌔애액!

순식간에 뽑힌 검이 벼락처럼 석진호의 목을 노리고서 파고들었다.

말과 달리 죽일 기세로 살초를 뿌리는 모습이었다.

심지어 진규악의 검에는 검기도 아닌 검강이 서려 있었다.

'끝났다!'

그 모습에 뒤에서 지켜보고 있던 범원강의 미소가 짙어졌다.

예상과 달리 빠르게 석풍표국에서 당했던 치욕을 갚아 줄 수 있을 것 같아서였다.

'계획대로 온갖 치욕을 주며 가지고 놀지는 못하겠지만, 이것도 나쁘지 않지. 어차피 죽이려고 했으니까.'

범원강의 두 눈이 살기로 번들거렸다.

죽기 직전까지 괴롭히지 못하는 건 아쉬웠지만 이것도 나쁘지 않았다.

더구나 상황을 조작하기에는 이게 더 깔끔했다.

괜히 시간을 끌어서 쓸데없는 흔적을 남기는 것보다는 차라리 처음에 목을 날리는 게 나았다.

'시골의 한낱 무관이 사라지는 일이니까. 변명거리도 이미 준비해 놓았고.'

범원강이 비릿하게 웃었다.

이미 모든 계획이 완벽하게 짜여 있었기에 잠시 논란은 있겠지만 딱 거기까지일 터였다.

武人還生
무인환생

석가장의 비호가 없는 승천무관은 한낱 시골의 작은 무관
일 뿐이니까.

물론 석풍표국이 가만히 있지는 않겠지만 증거가 없는 이
상 그들이 할 수 있는 건 없었다.

'그러니까 적당히 날뛰었어야지. 낭중지추? 흥! 모난 돌이
정에 맞는 법이다.'

공동파 일대제자 중에서 손꼽히는 고수가 진규악이었다.

그렇기에 여기까지 데려오는 데 적지 않은 금액을 들였지
만 향후 백마표국에 있어 크나큰 걸림돌이 될 게 자명한 석
진호를 지워 버리는 걸 생각하면 그리 비싼 값은 아니었다.

미래를 생각하면 오히려 싸게 먹혔다고 볼 수 있었기에 범
원강은 간사한 미소를 지으며 곧 꼴사납게 쓰러질 석진호의
모습을 기대했다.

스으윽!

하지만 안타깝게도 그가 기대한 광경은 나오지 않았다.

전광석화와도 같은 진규악의 검초를 석진호가 피해 냈던
것이다.

'이형환위? 흥!'

목이 베인 석진호의 신형이 안개처럼 흩어지자 진규악이
코웃음을 쳤다.

육룡에 비견된다고 하더니 제법 실력은 있는 듯해서였다.

그러나 그에게는 딱히 감흥을 주지 못했다.

'이형환위를 펼치고 올 곳이야 뻔하지.'

진규악이 안 봐도 뻔하다는 듯이 몸을 돌렸다.

대부분이 등 뒤를 노리고 쇄도하기에 진규악은 자연스럽게 몸을 돌리며 검을 휘둘렀다.

쉬이익!

하지만 그의 검에 걸리는 것은 없었다.

그저 바람을 가르는 예리한 파공음만 울려 퍼졌다.

"쯧쯧!"

동시에 등 뒤에서 혀를 차는 소리가 들려왔다.

뻔할 거라는 그의 예측을 뒤집고서 석진호가 제자리에 그대로 서 있다는 사실에 진규악이 얼굴을 붉히며 재차 몸을 돌렸다.

그러자 여유롭게 팔짱을 끼고 있는 석진호의 모습이 그의 눈에 들어왔다.

"감히 나를 능멸해!"

"원래 성격이 그런 모양이군. 자기중심적으로 생각하는 게. 그거 사회생활 하기 힘든 성격인데."

"닥쳐라!"

금방이라도 폭발할 것처럼 시뻘게진 얼굴로 진규악이 검을 휘둘렀다.

방금 전보다 더욱 힘이 들어간 검격이었는데 이번에는 피할 건더기를 주지 않겠다는 듯이 삼단을 모두 노렸다.

무인환생

분검을 펼치듯 세 자루로 늘어난 검신이 석진호의 상단, 중단, 하단을 일제히 파고들었다.

빙글!

그러나 세 곳을 전부 노린 진규악의 검은 이번에도 허공만 갈랐다.

마치 그의 검로를 예상했다는 듯이 석진호가 너무나 여유로운 움직임으로 몸을 돌려 피해 냈던 것이다.

그러고는 자연스럽게 그에게로 파고들었다.

회피와 동시에 접근이 이루어졌던 것이다.

"흥!"

하지만 진규악도 만만치 않았다.

나름 강호의 중견 고수로서 쌓아 온 경험이 적지 않다는 듯이 익숙하게 뒤로 물러나며 간격을 유지했다.

자신에게 유리한 간격을 단숨에 회복했던 것이다.

스슥!

그러나 석진호 역시 그걸 지켜만 보고 있을 생각은 없었다.

삽시간에 다시 거리를 좁히며 손을 내뻗었다.

딱히 초식을 펼치지 않고 그저 단순히 손을 뻗은 것뿐인데 움직임이 워낙에 빨라서 그런지 상당히 위협적으로 보였다.

진규악 역시 그리 느낀 모양인지 다급히 검을 횡으로 휘둘렀다.

스윽.

'이 미꾸라지 같은 놈!'

하지만 이번에도 석진호는 어렵지 않게 진규악의 검을 피해 냈다.

그 짧은 거리에서도 물 흐르듯이 유연한 몸놀림으로 횡베기를 회피해 냈던 것이다.

그러면서도 간격을 유지하는 석진호의 모습에 진규악의 눈썹이 꿈틀거렸다.

범원강에게서 대단하다는 말은 들었지만 이 정도일 줄은 몰랐기에 진규악은 이를 악물었다.

'그래 봤자 잘 피하고만 있을 뿐이다. 스치는 순간 승부는 끝난다.'

웅웅웅!

진규악이 쥐고 있는 검이 거칠게 울었다.

주인의 의지를 따라 섬뜩한 검강을 번뜩였던 것이다.

그러나 그는 몰랐다.

검강과 함께 검풍과 검압이 주위에 휘몰아치고 있음에도 석진호의 안색은 물론이고 입고 있는 의복 역시 멀쩡하단 사실을 말이다.

'걸렸다!'

짜증스럽다는 얼굴로 검을 휘두르던 진규악이 순간 눈을 번뜩였다.

무인환생

미꾸라지처럼 요리조리 잘 피하던 석진호가 자신의 검을 향해 손을 뻗어서였다.

역시 이대로는 가망이 없다 여긴 것인지 드디어 승부를 걸어오는 석진호의 모습에 진규악이 비릿한 미소를 머금었다.

쩌어엉!

우선은 손을 절단 내고 곧바로 다리 한쪽을 잘라 낼 생각이었던 진규악의 표정이 삽시간에 돌변했다.

그의 생각과 달리 검강과 부딪친 석진호의 손은 너무나 멀쩡했다.

아니, 오히려 충돌과 함께 검을 쥐고 있는 오른손의 기맥이 갈가리 찢어졌다.

검신을 타고 흘러들어 온 석진호의 진기가 그의 팔 내부를 순식간에 찢어발겼던 것이다.

"끄아아악!"

미처 방비할 새도 없이 순식간에 팔이 아작 난 진규악이 비명을 질렀다.

겉으로는 멀쩡해 보이지만 내부가 갈가리 찢어졌기에 고통이 어마어마했던 것이다.

그런데 그 모습에 범원강은 물론이고 백마표국의 표두들이 의아한 표정을 지었다.

고작 충돌 한 번에 저러니 이해가 가지 않았던 것이다.

"이제부터 시작인데 벌써 그러면 안 되지."

자지러지듯이 비명을 지르는 진규악을 향해 석진호가 싱긋 웃었다.

그러나 그 미소가 진규악에게는 사신의 미소처럼 보였다.

방금 전의 공방으로 그는 알았다.

자신과 석진호의 격차가 얼마나 큰지 말이다.

'이, 이런 괴물이라고는 말 안 했잖아!'

진규악의 동공이 격렬하게 흔들렸다.

범원강이 말하길 석진호는 기껏해야 육룡과 비슷하거나 약간 모자란 정도라고 했었다.

세간의 평가 역시 그러했고.

하지만 직접 부딪쳐 본 석진호는 감히 육룡과 비교할 급이 아니었다. 고작 절정에 오른 실력으로는 절대 그의 내부를 장난치듯 헤집어 놓을 수 없었다.

그렇기에 진규악은 조급했다.

자신이 드러낸 살기를 석진호가 느끼지 못했을 리가 없기에 그는 다급히 입을 열었다.

"자, 잠깐만! 우리 대화를……!"

"그 전에 하던 건 마저 해야지."

"끄아아악!"

부들부들 떨리는 오른팔을 부여잡으며 뒷걸음질 치던 진규악이 다시 비명을 질렀다.

어느새 코앞까지 다가온 석진호의 손가락이 금(琴)의 현을

무인환생

타듯 진규악의 몸 곳곳을 찔렀다.

하나같이 치명적이라 할 수 있는 요혈들을 말이다.

그 결과 처절한 비명과 함께 진규악이 힘없이 바닥으로 허물어졌다.

부르르르!

겉보기에는 멀쩡했지만 속은 만신창이가 된 진규악이 간질이라도 걸린 것처럼 몸을 떨어 댔다.

하지만 그럼에도 정신을 잃지는 않았다.

"이제 좀 대화할 만한 상황이 된 것 같군."

"나, 날 죽이면 사문에서 널 가만두지 않을 것이다."

"그렇겠지. 구대문파 중 한 곳인 공동파라면 능히 그러고도 남지."

"아직은 늦지 않았다. 이쯤에서 물러난다면 나도 불문에 부치겠다."

몸은 항거 불능 상태이지만 그럼에도 눈빛이 죽지 않은 진규악이 거래를 하자는 투로 말했다.

그러나 그 말에 석진호는 코웃음을 쳤다.

"잘도 그러겠군. 이 상황을 모면하면 사부를 데리고 올 거면서. 공동파의 제자를 모욕했다는 이유로."

"……."

진규악은 대답하지 않았다.

대신 의미심장한 눈으로 석진호를 쳐다봤다.

마치 구대문파 중 한 곳인 공동파를 감당할 수 있겠느냐는 표정으로 말이다.

　"확실히 공동파라면 시골의 작은 무관 따위 지워 버리는 건 일도 아니겠지. 명분이야 만들면 그만이니까. 세인들도 나 따위에게 관심이 없을 테고. 근데 이거 어쩌나, 일이 네놈이 그리는 대로 흘러가지는 않을 것 같은데."

　저벅저벅.

　석진호의 말이 끝나기 무섭게 건물 안에서 두 사람이 걸어 나왔다.

　바깥의 난동에 당하린, 당아린 자매가 나온 것이었다.

　그리고 두 사람을 본 진규악의 두 눈이 더 이상 커질 수 없을 만큼 커졌다.

　"다, 당 가주의 여식들이 어째서 이곳에……!"

　"허업!"

　진규악의 외침에 뒤에서 고개를 갸웃거리던 범원강도 경기를 일으켰다. 어째 이상하게 어디서 본 듯한 느낌이 든다 싶었는데 진규악이 소리치자 확실하게 알 수 있었다.

　동시에 심장이 벌렁거리며 머릿속이 복잡해지기 시작했다.

　"천하의 공동파가 이런 치졸한 짓을 벌일 줄은 몰랐네요."

　"혹시 살인멸구에 저희도 들어가는 건가요?"

　파아앗!

武人還生
무인환생

당아린의 말에 뒤따라 나왔던 호위 무사들이 살기를 토해 냈다. 마치 두 사람에게 가려면 자신들부터 넘어야 한다는 듯이 말이다.

"아, 아닙니다! 절대 아닙니다!"

범원강과 마찬가지로 진규악 역시 머리가 멍해졌다.

당하린, 당아린 자매의 등장에 모든 계획이 어그러져서였다.

하지만 한 가지만은 분명했다. 어떻게든, 무슨 수를 써서라도 지금의 상황을 수습해야 했다.

"이거 입장이 바뀐 거 같은데. 과연 공동파가 너희를 지켜줄까?"

"우리 좋게, 좋은 방향으로 대화를 해 보지. 굳이 극단적으로 갈 필요 없지 않나? 굳이 서로 얼굴 붉힐 필요는……."

"그건 네 입장이고. 내 입장은 다르지."

"컥!"

팔짱을 낀 채로 석진호가 자빠져 있는 진규악의 목을 느릿하게 짓눌렀다.

하지만 그럼에도 진규악은 겁에 질린 눈으로 아무 저항도 하지 못했다.

그저 간절한 눈으로 석진호를 쳐다봤다.

사천당가가 끼었다면 제아무리 공동파라도 조용히 덮을 수 없었기에 지금 그로서는 어떻게든 석진호에게 매달려야 했다.

"날 죽이러 온 이들을 살려 줄 필요는 없지. 더욱이 설계까지 해 온 새끼들인데. 역지사지라는 말도 있잖아? 반대로 생각해 보자고. 네놈들 같으면 살려 두겠어?"

"제발 한 번만, 한 번만 아량을……."

진규악이 눈물을 흘리며 석진호를 간절히 쳐다봤다.

이대로라면 사문에서 버려지는 것은 물론이고 명예조차 바닥에 떨어질 게 분명했기에 진규악은 눈물로 호소했다.

잘 움직여지지도 않는 팔을 뻗으면서 말이다.

만약 석진호가 목을 짓누르지 않았다면 무릎도 꿇었을 터였다.

뚜둑!

그러나 석진호의 결정은 달라지지 않았다.

싸늘한 눈으로 진규악을 똑바로 마주 보며 목뼈를 부러뜨렸다.

"미, 미친!"

"근데 너도 참 생각 없다. 흑오채도 그렇고 이번 일도 그렇고."

석진호의 시선이 경악성을 토해 내는 범원강에게로 향했다. 그러자 범원강이 몸을 부르르 떨었다. 차갑게 식어 가는 진규악의 모습이 마치 자신의 미래처럼 보여서였다.

"죽여!"

武人還生
무인환생

그래서 그는 결국 극단적인 선택을 했다.

이래도 죽고 저래도 죽으니 이판사판이라는 듯이 데리고 온 표두들에게 공격 명령을 내렸던 것이다.

그런데 정작 지시를 내린 범원강은 잽싸게 몸을 날렸다.

표두들을 희생양으로 내던지고 정작 그는 도주를 택한 것이다.

'시간만 벌면 된다. 그럼 어떻게든 방법을⋯⋯.'

범원강은 이를 악물고서 두 다리에 모든 공력을 쏟아부었다. 잡히면 죽을 게 뻔했기에 그는 뒤도 돌아보지 않고 앞만 보고 달렸다.

하지만 안타깝게도 그는 승천무관의 입구도 넘지 못했다.

"어딜 가려고."

"컥!"

석진호가 덮치듯이 범원강의 뒷목을 잡았다.

그러고는 짐짝 다루듯이 앞마당을 향해 내던졌다.

물론 창졸간에 마혈을 점혈하는 것도 잊지 않았다.

쿠웅! 쿵!

"나머지는 저희가 처리했어요."

무기력하게 날아간 범원강이 얼굴부터 땅에 떨어졌을 때 백마표국의 표두들도 허물어지듯 바닥에 주저앉았다.

목표를 잃고 당황할 때 당하린과 당아린이 마비독을 하독해 제압한 것이었다.

하나하나가 절정 고수인 표두들이었지만 예상치 못한 하독에는 그들도 별수 없었다.

그리고 그게 독의 무서운 점이기도 했고.

"감사합니다."

"별말씀을요. 당연히 제가 해야 할 일인데요."

당하린이 현숙하게 두 손을 모으며 고개를 저었다.

그녀에게 있어 이 정도 일은 일도 아니어서였다.

"자, 그럼 우리는 대화를 마저 나눠 보도록 할까."

"네놈이 원하는 걸 내가 말해 줄 성싶으냐!"

도주마저 실패하자 막 나가기로 결정한 것인지 범원강이 원독에 찬 눈빛으로 석진호를 노려보며 소리쳤다.

하지만 그런 범원강의 태도에도 석진호는 당황하거나 놀라지 않았다.

그저 묘한 미소만 지었다.

"너에게는 기대도 안 했어."

"읍! 으읍!"

지풍으로 아혈을 짚은 석진호는 정신 줄을 놓은 듯 멍하니 주저앉아 있는 표두들을 쳐다봤다.

그러자 표두들이 퍼뜩 정신을 차리며 불안한 눈으로 석진호를 마주 봤다.

"대협이 원하시는 걸 제가 알고 있습니다!"

"저도 알고 있습니다!"

"모든 걸 상세히 말씀드리겠습니다!"

한 명이 입을 열기 무섭게 다른 이들도 동시에 소리쳤다.

침몰해 가는 난파선에서 빠져나오겠다는 듯이 죄다 입을 열었던 것이다.

그 모습에 범원강이 죽일 것처럼 노려봤지만 안타깝게도 표두들에게 그 눈빛은 닿지 않았다.

모든 이들이 그를 외면한 채 석진호만 쳐다봤기에 범원강이 할 수 있는 거라고는 눈을 부라리는 것뿐이었다.

"내가 원하는 거라."

"소국주가, 아니 범원강이 어떤 흉계를 짰는지 전부 말씀해 드리겠습니다."

"어떻게 된 것이냐면……."

운을 띄우기 무섭게 너 나 할 거 없이 입을 여는 표두들의 말을 석진호는 잠자코 들었다.

한데 그런 석진호의 곁으로 당하린과 당아린 자매가 은근슬쩍 다가왔다.

그 뒤로 탁윤과 정마룡이 합세하며 귀를 기울였다.

모두 다 이 사건의 시작이 궁금했던 것이다.

"……말씀드린 것처럼 잠잠해진 시기를 노린 완벽히 계획된 흉계입니다."

"백마표국주도 알고 있나?"

"진두지휘한 것은 범원강이지만 표국주의 허락 없이는 불가능한 계획입니다. 일단 공동파의 일대제자에게 들어간 돈만 해도 은자로 수백 냥이라고 들었습니다. 한 번에 준 게 아니기에 정확한 금액은 모르지만 여러 번 나누어서 꽤 많이 지급한 것으로 알고 있습니다."

"증거는?"

"범원강의 품속에 있을 겁니다. 그리고 죽은 일대제자와 주고받은 서신이 어디에 있는지도 알고 있습니다."

처음이 어렵지 한번 물꼬를 트자 술술 불기 시작하는 표두들의 모습에 석진호는 흡족하게 웃으며 증거들을 모았다.

당하린과 당아린 자매라는 확실한 패가 있지만 증거를 가지고 있어서 나쁠 건 없어서였다.

게다가 이렇게 된 이상 확실하게 매듭을 지을 필요가 있기에 석진호는 느긋하게 증거들을 확인하며 챙겼다.

"허면 저희는……."

"유유상종이라는 말을 아나?"

"예?"

"저 녀석이 너희를 괜히 데리고 오지는 않았겠지?"

표두들의 두 눈이 크게 뜨였다.

하지만 말은 나오지 않았다.

이미 석진호의 지풍이 그들의 사혈을 짚었기에 표두들의 동공에서 빛이 서서히 사라졌다.

"은근히 잔정이 많으시네요."

"그래도 증거까지 챙겨 주었는데 보답은 해야죠."

"저였으면 가장 고통스러운 독으로 보냈을 텐데."

당아린이 어깨를 으쓱거렸다.

하지만 그녀는 내심 이런 단호한 면모가 마음에 들었다.

우유부단한 성격은 주변을 피곤하게 만들어서 싫었다.

그런데 다행히 석진호는 그쪽 부류는 아닌 듯싶었다.

"마룡이는 이놈들이 묵었던 객잔에 다녀오고."

"옙!"

"그럼 이제 우리끼리 오붓하게 대화를 나눠 볼까?"

"죽여라!"

아혈을 풀어 주기 무섭게 범원강이 소리쳤다.

어차피 죽을 목숨이란 걸 알았는지 비굴하게 구걸하기보다는 막 나갔던 것이다.

"걱정하지 마. 살려 달라고 해도 죽일 거니까. 난 후환은 남겨 두지 않는 주의라. 다만 지금은 아냐. 넌 따로 쓸데가 있거든."

"무슨 짓을 해도 네가 원하는 대로 되지는 않을 거다!"

"그건 두고 보면 알겠지."

범원강이 흔들리는 눈으로 소리쳤다.

왠지 모를 불안감이 엄습해 왔기에 본능적으로 악을 썼지만 그마저도 오래 이어지지 못했다.

석진호가 의미심장하게 웃으며 아혈을 다시 점혈했기에

범원강으로서는 노려보는 것 말고는 할 수 있는 게 없었다.

"어디에 사용하시게요?"

"인간은 안 될 걸 알면서도 혹시나 하는 기대를 하는 존재이지요. 그걸 좀 이용해 볼까 합니다. 그리고 사천당가의 도움을 좀 받고 싶은데요."

"말씀만 하세요. 더욱이 저 역시 이런 더러운 상황을 좌시하고 싶지는 않아요. 명문 대파라 불리는 곳이 이런 치졸한 짓이라니요."

석진호 앞에서는 늘 부드러운 미소만 머금고 있던 당하린이 벌레를 본 듯한 얼굴로 범원강을 쏘아봤다.

아무리 원한이 깊다고 하나 이건 잘못된 방법이었다.

특히 공동파라는 뒷배를 믿고서 저지른 일이었기에 당하린은 석진호의 계획만 아니었다면 자신이 직접 손을 써서 죽였을 터였다.

"그리 말씀해 주셔서 감사합니다."

"본가와 승천무관은 남이 아닙니다. 그런 말씀은 하지 말아 주세요."

"그래도 쉽지 않은 결정인 건 사실이니까요. 다른 곳도 아니고 공동파가 얽혀 있으니."

"저는 그렇기에 더더욱 용납할 수 없습니다. 구대문파라 물리는 명문이 이런 짓을 벌였다는 것이."

세인들은 흔히 구파일방, 오대세가라고 말했다.

무인환생

중원 정도무림의 명문을 꼽을 때 이 열다섯 곳을 반드시 거론했다.

때문에 당하린은 진심으로 기분이 나빴다.

마치 오물이 묻은 것처럼 말이다.

그리고 그건 당군성 역시 마찬가지일 터였다.

당장 그녀뿐만 아니라 당아린 역시 인상을 잔뜩 찌푸리고 있었다.

"하면 그리 알고 있겠습니다."

"더 필요하신 것이 있으면 무엇이든 말씀해 주세요. 저는 늘 관주님 편이니까요."

"알겠습니다."

언제 분노했냐는 듯이 다시 사근사근한 얼굴로 돌아온 당하린이 두 눈을 반짝이며 말했다.

그 모습에 석진호도 옅게 웃은 후 여전히 원독에 찬 눈빛을 보내오는 범원강을 짐짝 들듯이 들고서 전각 안으로 들어갔다.

감옥이 따로 없지만 빈방은 많았기에 그중 한 곳에 처박아 둘 생각이었다.

강호에 커다란 파문이 일었다.

백마표국이 저지른 추잡한 일이 순식간에 강호 전역에 알려지며 논란이 일어났던 것이다.

더구나 거기에 구대문파 중 한 곳인 공동파까지 연루되자 파문은 더더욱 커졌다.

흑오채부터 시작된 음모와 악연에 강호인들은 경악을 금치 못했다. 하지만 직격으로 손가락질을 받는 백마표국과 달리 공동파는 소식이 알려지기 무섭게 입장을 표명했다.

이번 승천무관 사태는 공동파와는 연관이 없으며 죽은 진규악이 단독으로 저지른 일이라고 발표했던 것이다.

그러나 그 말을 순순히 믿는 이들은 드물었다.

왜냐하면 백마표국 자체가 공동파의 속가제자들이 모여 만든 곳이었기 때문이다.

해서 대부분의 사람들은 꼬리 자르기라고 생각했다.

그리고 이번 일의 시발점인 백마표국은 소식이 알려짐과 동시에 빠르게 몰락했다.

든든한 뒷배였던 공동파가 한 발 빼자 석풍표국이 기다렸다는 듯이 달려들어서였다.

물론 처음에는 백마표국도 잘 버텼다.

표국계에서 석풍표국 다음가는 위치에 있는 만큼 흔들리기는 해도 쉽게 무너지지는 않았다.

하지만 거기에 석가장이 합세하자 상황은 달라졌다.

중원 상권의 오 할을 손에 쥔 석가장이 마음먹고 달려들자

제아무리 백마표국이라도 별수 없었다.

팔다리를 한꺼번에 뜯는 것은 물론이고 말려 죽이겠다는 듯이 모든 방법을 동원해 백마표국을 압박했기에 표국주인 범천승은 항복할 수밖에 없었다.

그러나 그의 항복에도 불구하고 석가장과 석풍표국은 끝장을 봤다. 어중간하게 마무리 지을 생각이 없다는 듯이 백마표국을 완전히 박살 냈던 것이다.

"의외네요. 본가에서 나설 줄은 몰랐는데."

"그래도 아들 일이잖느냐. 비록 서출이기는 해도. 또 너와 관계 개선도 하고 싶었을 테고."

"늦었다는 걸 모를 리 없다고 생각하는데 말이죠."

백마표국을 풍비박산 내고 개선장군처럼 승천무관을 찾은 석덕월이 어깨를 으쓱거렸다.

석명일도 모르지 않겠지만 그래도 여지를 만들고 싶을 터였다.

안 된다고 포기하면 장사꾼이 아니기도 했고.

"네 말도 맞지만, 그렇다고 포기하기에는 아깝지. 피는 물보다 진하다는 말도 있는데. 게다가 꼭 너 때문만은 아니고. 네가 몰라서 그렇지 백마표국이 공동파만 믿고 이래저래 날뛴 게 많거든. 그게 이번에 터진 거지. 겸사겸사 공동파에도 경고하고."

"역시 그럴 테죠. 다른 사람도 아니고 석가장주인데."

"근데 가장 큰 이유가 너인 건 분명해. 특히 수련생들에게 관심이 많더라고."

"그렇겠죠. 늘 무력을 갈구했었으니."

"어떻게 보면 백마표국도 참 운이 없어. 사천당가 자매가 없었다면 일이 이렇게 되지는 않았을 텐데."

"원래 인생은 인맥입니다. 그리고 두 자매가 없었어도 결과는 크게 달라지지 않았을 겁니다."

차를 들이켜며 석진호가 말했다.

사천당가가 큰 도움을 준 건 맞지만 없었어도 결과는 크게 달라지지 않았을 터였다.

"내가 보기에도 그랬을 것 같아. 참, 하북팽가도 도움을 줬다. 사천당가만큼은 아니지만."

"연락받았습니다. 제가 따로 서신을 보내기도 했고요."

"거기도 화가 많이 났더라고. 왜 그런지는 모르겠지만. 눈치로 보아하니 너랑 뭔가 있는 거 같은데, 대체 뭐야?"

"말씀드릴 수 없습니다. 팽 소저의 명예가 걸려 있는 일이라."

"그렇다면야."

석덕월은 더 이상 묻지 않았다.

궁금하기는 했지만 그렇다고 굳이 깊게 알 필요는 없다고 생각해서였다.

더구나 그 상대가 하북팽가주의 금지옥엽이라면 모르는

무인환생

게 나을지도 몰랐다.

"늦었지만 나서 주셔서 감사합니다."

"감사하긴. 당연한 거지. 우리가 남도 아니고. 그리고 사실 벼르고 있기도 했어. 뭐 하나 걸려라 하면서 말이야. 그런데 이렇게 무모하게 나올 줄은 몰랐지."

"저도요. 좀 더 은밀하게 나올 줄 알았는데."

"당씨 자매가 컸지. 덕분에 일이 쉽게 풀리기도 했고. 그나저나 당씨 자매로 인해 한동안은 귀찮겠다. 두 사람 보겠다고 찾아오는 이들이 적지 않을 테니."

"감수해야죠."

신원을 감추기 위해 바깥에 나갈 때는 면사를 차고 다녔던 두 여인이지만 이제는 그것도 소용없게 되었다.

이번 일로 그녀들이 승천무관에 머문다는 게 알려졌기에 별의별 날파리들이 찾아올 게 분명했다.

"대신에 무명은 확 올랐잖아. 어떻게 된 게 강호 활동도 안 하는데 무명이 올라가?"

"다 주변의 도움 덕분이죠."

"그래도 조심해. 당분간은 의심 때문에라도 가만히 있겠지만 공동파는 커. 명문 대파라고 해서 꼭 정의롭고 착한 사람들만 있는 거 아니다. 정신 나간 놈들도 꽤 많아. 단지 가면을 쓰고 있을 뿐이지."

제32장 뒤바뀐 위치

겉으로 보기에는 순수하고 고결해 보이지만 그것은 명문대파가 가지고 있는 여러 개의 얼굴 중 하나일 뿐이었다.

이면에는 다른 면모가 있고, 그걸 직접 보고 겪어 봤기에 석덕월이 지금까지와는 다르게 착 가라앉은 음성으로 말했다.

"알고 있습니다. 공동파의 일대제자를 쓰러뜨렸다고 기고만장하지 않으니 걱정하지 않으셔도 됩니다."

"공동파는 가만히 있더라도 진규악의 사부는 따로 움직일 수 있어. 이번처럼 꼬리 자르기를 하면 되니까. 물론 움직인다면 들키지 않게 정말 은밀히 움직이겠지. 참고로 진규악의 사부는 공동파의 장로다. 실력도 실력이지만 인맥 역시 상당해."

정도무림이 명분을 중요시한다고 하지만 결국 강호는 약

육강식의 세계였다.

그런 만큼 적은 가급적이면 안 만드는 게 좋고, 생겼다면 어떻게든 풀든가 아니면 지워 버려야 했다.

그래야 살아남을 수 있는 곳이 무림이라는 세계였다.

"주의하겠습니다."

"뭐, 네가 어련히 알아서 잘하겠느냐만 그래도 다시 한번 짚어서 나쁠 것은 없으니까."

"크게 걱정하지 않으셔도 됩니다."

"하긴. 명왕이 인정한 무인이 너인데. 근데 그 소식은 다들 함구하고 있나 봐. 그걸 알았다면 범원강이 멍청하게 그딴 음모를 세우지는 않았을 텐데."

생각하면 할수록 백마표국 입장에서는 억울하겠지만 어쩔 수 없었다.

이게 강호이고 세상이었으니까.

그리고 애초에 복수하려 들지 않았다면 일이 이 지경까지 오지도 않았을 터였다.

물론 이제는 백마표국이 사라졌기에 쓸모없는 생각이었지만 말이다.

"복수에 눈이 먼 자는 원래 주변이 잘 보이지 않으니까요. 게다가 여기가 막 엄청 대단한 곳도 아니니 크게 신경 쓰지 않았겠죠. 조사해 봤자 석가장과 하북팽가와의 관계만 했겠죠."

"그런 것 같아. 어쨌든 욕봤다, 병신 같은 놈 상대하느라."

무인환생

"저야 뭐 한 게 있나요. 네 곳에서 다 했지."

"가장 큰 일을 했으니까. 우리도 겸사겸사 덕 좀 보고. 아마 근 시일 내에 표국주님이 선물 하나 보낼 거다. 기대해도 좋아."

"알겠습니다."

경쟁자이자 눈엣가시인 백마표국을 치워 버렸으니 아마 보이지 않는 곳에서 덩실덩실 춤을 췄을지도 모른다.

특히 흑오채 사건 때 제대로 응징하지 못해 칼을 갈던 그인 만큼 아마 십 년 쌓인 체증이 내려가는 기분일 터였다.

"흠흠! 그리고 말이다. 상황 좀 애매하기는 한데 이번이 아니면 또 언제 내가 널 볼 수 있을지 몰라서 말이다."

"편하게 말씀하세요."

"혹시 말이야, 그거 남는 거 있어?"

"그거라니요?"

"백년자패나 홍패. 백패도 괜찮고. 백 년짜리면 다 괜찮아."

석덕월이 은근한 어조로 물었다.

혹시나 이번에는 얻을 수 있나 하는 기대감 서린 눈빛으로 말이다.

그러나 안타깝게도 석진호가 해 줄 말은 지난번과 똑같았다.

"여유분은 없습니다. 신선도가 중요한 녀석이라 따로 챙겨 놓을 수는 없어서요. 하루 이틀이야 보관이 가능하지만 그 이후는 힘들더라고요."

"나중에라도 하나 구해 주면 안 될까?"

"알겠습니다."

"고맙다, 고마워!"

간절한 석덕월의 눈빛에 석진호는 못 이긴 척 고개를 끄덕였다.

하나 정도는 언제라도 구할 수 있지만 그렇다고 너무 쉽게 줘도 안 되었기에 석진호는 마지막 말을 애매하게 끝맺었다.

"오시기 전에 미리 날짜를 알려 주세요. 그럼 그때에 맞춰 노력해 보겠습니다. 하지만 크게 기대하지는 마세요."

"알지. 당연히 알지! 쉽게 구할 수 없으니까 귀한 건데. 그래도 가능성이 있는 게 어디야? 오래 걸려도 되니까 일단 구해만 줘. 값은 제대로 치를 테니까."

"알겠습니다."

대번에 얼굴이 밝아진 석덕월의 모습에 석진호는 피식 웃으며 창밖을 바라봤다.

얼마 전에 큰일을 치렀다고는 믿기 힘들 정도로 평화로운 일상의 모습에 석진호는 흡족한 얼굴로 찻잔을 들었다.

'딱 좋아.'

따사로운 햇살과 함께 힘찬 기합 소리가 들려왔다.

오늘도 어김없이 수련생들이 훈련에 매진하는 소리였다.

왈! 왈왈!

드넓은 모래사장을 아기 늑대 세 마리가 헐떡이며 뛰어다녔다.

오랜만의 외출에 신이 난 것이었다.

그리고 그 뒤로 정마룡이 안절부절못하는 얼굴로 따랐다.

혹시나 애먼 데 가지는 않을까 걱정하는 것이었다.

"제법 컸는데도 강아지 같아요. 사람은 또 어찌나 좋아하는지."

"어려서부터 사람 손에 자랐으니까."

물 만난 물고기처럼 신나서 계속 뛰어다니는 세 마리를 보며 석진호의 옆에서 나란히 걷던 소하정이 웃으며 말했다.

아직 애기라서 그런지 귀엽기 짝이 없는 모습에 보기만 해도 미소가 절로 나왔다.

"흑휘도 엄청 잘 따라요. 마치 대장을 따르는 듯한 모습이랄까요."

"대들기에는 흑휘의 나이가 적지 않지. 아마 핏덩이를 보는 느낌일 거야."

자신을 거론함에도 흑휘는 나른한지 석진호의 어깨에 늘어져 두 눈도 뜨지 않았다.

그런데 웃긴 건 꼬리는 살랑살랑 흔들고 있다는 점이었다.

"생긴 건 우리 흑휘도 참 아가아가한데 말이죠."

"생김새로 판단하면 안 되지. 본질은 맹수인데."

"근데 갑자기 무슨 바람이 불어서 뱃놀이를 가자고 하신 거예요?"

"날씨도 좋고, 바다도 가까운데 뱃놀이 한번 해 본 적이 없는 것 같아서. 백마표국 일도 잘 마무리되었고. 왜? 별로야?"

소하정이 크게 고개를 저었다.

좋으면 좋았지 절대 싫지는 않아서였다.

더구나 그녀는 지금껏 배를 타 본 적은 있어도 뱃놀이를 해 본 적은 없었다.

그렇기에 소하정은 소녀처럼 두 눈을 초롱초롱하게 빛냈다.

"아뇨! 너무 좋아요! 이렇게 다 같이 나오니 나들이 느낌도 나고요."

"저도 좋아요."

여동생과 함께 조용히 뒤따르던 당하린이 슬그머니 대화에 끼어들었다.

마치 기회를 노리고 있던 것처럼 말이다.

당하린도 겉으로는 시시하다는 듯한 표정이었지만 입꼬리는 살짝 올라가 있었다.

"아가씨도 바다에서 뱃놀이하는 건 처음이시죠?"

"예. 동정호나 서호에서는 몇 번 해 봤었는데 바다에서는

武人還生
무인환생

처음이에요. 사실 바다도 여기에 와서 처음 본 것이었어요."

"정말요?"

"네. 그래서 진짜 많이 놀랐어요. 동정호도 바다가 아닐까 싶었는데 진짜 바다를 보니까 확실히 다르더라고요."

소하정만큼이나 기대하는 얼굴로 당하린이 재잘거렸다.

승천무관에서 지내면서 바다는 꽤 자주 봤지만 이렇게 뱃놀이를 나온 건 처음이었기에 그녀는 들뜬 기색을 감추지 못했다.

"동정호라."

"나중에 다 같이 한번 가요. 저는 개인적으로 동정호보다는 서호를 추천해요. 아기자기한 맛도 있지만 근처에 항주가 있으니까요."

"저도 들어 봤어요. 상유천당 하유소항(上有天堂 下有蘇杭)이라고요. 하늘에 천당이 있다면 땅에는 항주와 소주가 있다."

"맞아요. 그 말이 절로 떠오를 정도로 아름다운 도시예요. 낮과 밤이 극명하게 다른 도시이기도 하고요."

소하정이 두 눈을 반짝거렸다.

얘기만 들어도 기대가 되었던 것이다.

그리고 그 대화에 석진호도 슬쩍 끼어들었다.

"나중에 가자."

"정말요?"

"응. 돈도 많이 벌었는데 못 갈 게 어디 있어. 건강할 때 많이 돌아다녀야지. 지금 하고 있는 일이 좀 더 궤도에 오르면 시간 내서 다 같이 갔다 오자. 유람 삼아서."

"우와아."

말만 들어도 좋다는 듯이 소하정이 두 손을 마주 잡았다.

그런 그녀의 모습에 석진호도 빙그레 웃었다.

그리고 당하린은 그런 석진호를 몰래 훔쳐봤다.

공적인 부분에서는 냉정하다 못해 냉혹한 모습을 보여 주는 석진호였지만 자신의 울타리 안에 있는 사람들에게는 너무나 관대하고 자상했다.

그게 당하린은 너무나 마음에 들었다.

처음에는 그저 목숨 빚을 갚겠다는 생각이었는데 지금은 달라졌다.

'저런 사람이 진국이야.'

거들먹거리고 허세에 가득 찬 남자들을 수도 없이 봤기에 당하린은 확신할 수 있었다.

석진호 같은 남자가 진짜 진국인 남자라고.

더욱이 소하정과 탁윤, 정마룡에게 하는 걸 보면 가정에도 충실할 게 분명했다.

"표정 관리 좀 해. 자고로 여인은 사랑을 받아야 한다고 그랬어."

"그것도 맞는 말이지만 경우에 따라서는 여자가 나서서 쟁취해야 할 때도 있어."

무인환생

"……아빠가 이 모습을 보셔야 하는데."

"반대하지는 않을걸. 아빠가 조용히 간 거 잊었어?"

당하린이 씨익 웃었다.

그때의 허락에 많은 의미가 담겨 있음을 그녀는 알아서였다.

게다가 승천무관을 떠날 때 부친은 그녀에게 별다른 말을 하지 않았었다.

"그래도 여자의 자존심이 있지."

"자존심 지키다가 좋아하는 사람 놓치면? 난 나중에 후회하고 싶지 않아."

"에휴, 말을 말자."

무슨 말을 해도 들어먹지 않을 것만 같은 당하린의 모습에 당아린은 고개를 절레절레 저었다.

소귀에 경 읽기가 분명했기에 알아서 포기한 것이었다.

그런데 그때 다리가 간지러웠다.

할짝할짝.

새끼 늑대 세 마리가 어느새 그녀에게 다가와 경장을 물고 다리를 핥았던 것이다.

그 모습에 당아린이 활짝 웃었다.

"오구오구, 이 귀여운 것들."

새끼 늑대라기보다는 강아지처럼 헥헥거리며 애교를 떠는 세 마리의 모습에 당아린이 귀여워 죽겠다는 표정을 지었다.

주인은 정마룡이었지만 사실 새끼 늑대들과 가장 많이 놀아 주는 건 그녀였다.

그래서인지 새끼 늑대들은 유독 그녀를 따랐다.

"모두 타."

"이 배는 어디서 나셨어요?"

당아린이 새끼 늑대들에 정신이 팔려 있는 사이 석진호는 해변 한쪽에 정박해 둔 돛단배로 일행을 안내했다.

아담한 크기에 돛도 하나뿐인 배였지만 여덟 명과 네 마리의 짐승이 타기에는 충분했다.

"직접 만들었어."

"도련님이요?"

"응. 여기 주변에 널리고 널린 게 배들이잖아. 나무도 많고. 참고해서 대충 만들었어. 시험 운행도 해 봤으니까 물에 잠길 걱정은 안 해도 돼."

"저희도 타 봤습니다!"

눈을 동그랗게 뜨는 소하정을 향해 정마룡이 가슴을 탕탕 치며 소리쳤다.

그러나 소하정은 침몰할까 봐 걱정한 게 아니었다.

작다고는 해도 석진호가 혼자 배를 만들었다는 사실에 놀란 것이었다.

"손재주가 있으시다는 건 알았지만 배를 만들 줄이야."

"초대하를 잡을 때 사용하는 쪽배도 내가 만들었어."

평소 사용하는 작은 쪽배 역시 돛단배 옆에 있었다.

석진호는 그 쪽배를 눈짓으로 가리키며 말했다.

"에이, 저건 그냥 나무 하나 속을 대충 파서 만든 거잖아요. 노도 없고요."

"돛만 달리고 크기만 좀 더 커졌을 뿐이야. 딱히 기술이랄 것도 없어."

쿵쿵!

석진호가 어깨를 으쓱이자 늘어져 있던 흑휘가 자연스럽게 눈을 떴다.

그러고는 갑자기 등장한 돛단배에 관심을 보이듯 단숨에 올라타더니 여기저기 냄새를 맡기 시작했다.

"자, 너희도 타야지. 오늘 우리는 다 같이 나들이 나온 거니까."

얼마나 오두방정을 떨었는지 털에 모래가 가득한 새끼 늑대들을 일일이 털어 주며 당아린이 돛단배에 태웠다.

그런데 난생처음 탄 돛단배가 신기한지 새끼 늑대들은 경계심도 없이 온 사방을 돌아다녔다.

슥!

그 모습에 흑휘가 도도하게 선두로 걸어가 앉자 당아린이 눈을 반짝였다.

새끼 늑대들도 귀여웠지만 역시 흑휘에 비할 바는 아니었다.

거기다 정복욕까지 있었기에 당아린은 두 눈을 활활 불태웠다.

오늘은 반드시 흑휘를 만지겠다는 듯이 말이다.

"모두 타세요. 제가 바다까지 밀게요."

"왜 혼자 해. 힘쓰는 건 같이 해야지."

자연스럽게 선미로 걸어가는 탁윤의 곁으로 정마룡이 다가갔다.

같이 해도 될 일을 군이 혼자 하려는 것 같아서였다.

"저도 돕겠습니다."

"에이, 너 하나 보탠다고 달라질까."

"그, 그래도……."

채소강이 쭈뼛거렸다.

공력도 얼마 없고, 최근 살이 많이 붙었다고는 하지만 성인이나 마찬가지인 두 사람과 비교하면 근력도 형편없었다.

하지만 막내인 자신이 가만히 있는 것도 말이 안 되었기에 채소강은 어물쩍 힘을 보탰다.

쏴아아아!

순풍과 함께 돛단배가 느릿하게 바다를 갈랐다.

작은 돛단배인 만큼 키가 따로 없었기에 석진호는 능숙하게 돛을 이용해서 방향을 조절했다.

"시원해요."

"아~! 좋다!"

"이런 게 뱃놀이라는 거군요."

소하정, 당아린, 채소설이 연달아 입을 열었다.

그런 그녀들의 시선은 망망대해를 향해 있었다.

해변에서 보는 지평선과 바다 위에서 보는 지평선은 크게 다르지 않았지만 감상은 그렇지 않은 모양인지 세 사람 다 감동한 표정을 지었다.

왈왈왈!

하지만 그 평화로움은 얼마 가지 않았다.

세상 무서운 것 없는 아기 늑대 세 마리가 정신없이 꼬리를 흔들며 물속에 들어갈 기세로 난리를 쳐 대서였다.

물론 수영을 할 줄 안다는 건 알지만 바다에는 위험한 녀석들도 있기에 정마룡은 뱃놀이를 즐길 새도 없이 새끼 늑대들을 돌보느라 정신이 없었다.

냐옹.

그 모습에 선두에 오연히 앉아서 바다를 주시하고 있던 흑휘가 코웃음을 치며 느긋하게 다가왔다.

그러고는 새끼 늑대 세 마리를 차례대로 쳐다봤다.

냐아아옹.

흠칫!

흑휘의 낮은 울음소리에, 발광하듯 정신없이 헥헥거리던 새끼 늑대 세 마리가 움찔거렸다.

나이가 어리다고 해서 본능이 없는 건 아니었기에 세 마리는 흑휘의 경고를 허투루 듣지 않았다.

　다만 문제가 있다면 세 마리가 동시에 배를 까 뒤집었다는 점이었다.

　"휴우, 네가 있어서 정말 다행이야. 아직 어려서 통제가 되질 않으니."

　이제야 좀 얌전해진 새끼 늑대들의 모습에 정마룡이 벌써부터 진이 다 빠진 모습으로 이마를 훔쳤다.

　어느새 가을이 성큼 다가와 있었지만 지금 그는 한여름 못지않은 더위를 느끼고 있었다.

　야옹.

　그때 흑휘가 혀를 차는 듯이 울었다.

　그뿐만 아니라 기가 차다는 눈빛으로 정마룡을 올려다봤다.

　'마, 만지고 싶어!'

　귀엽게 생긴 외모와 달리 한마디로 새끼 늑대들을 통제하는 모습에 당아린의 두 눈이 반짝거렸다.

　언제 봐도 멋있고 깜찍한 모습에 심장이 방망이질 쳤다.

　하지만 여전히 둘 사이의 거리는 멀었다.

　그래서 당아린은 예의 콧김만 내뿜었다.

　"자, 그럼 뱃놀이를 나왔으니 낚시도 한번 해야죠? 이런 기회가 흔치 않으니까요."

武人還生
무인환생

"재밌겠다."

"모두 월척을 노려 봅시다! 오늘 저녁은 각자 낚은 걸로 풍성하게!"

정마룡에게서 낚싯대를 받으며 소하정이 눈을 빛냈다.

안 그래도 내심 기대했던 게 바로 낚시였기에 그녀는 석진호가 가르쳐 주는 대로 미끼를 물리고 바다에 담갔다.

"우와, 내가 배낚시를 할 줄이야. 바닷가에서 몇 번 해 본게 다였는데."

"목표는 월척이다."

채소설의 옆에서 채소강이 투지를 불태우며 낚싯대에 집중했다.

평소에는 조숙한 모습을 보이는 그였지만 역시 나이를 속일 수는 없는지 채소강은 들뜬 기색을 감추지 못했다.

"여기 받으시죠."

"고마워."

"헤헤! 아닙니다! 제가 당연히 해야 할 일인데요."

"잘 쓸게."

"월척을 기원합니다!"

넉살 좋게 다가와 낚싯대를 건네는 정마룡을 향해 당하린, 당아린 자매가 웃으며 고마운 마음을 전했다.

마지막으로 정마룡은 탁윤에게도 낚싯대를 건네주고는 자신도 능숙하게 낚시를 시작했다.

"다들 즐거워 보여요."

"윤이 넌 안 즐거워?"

"저도 좋아요. 이런 여유로움은 진짜 오랜만이니까요."

"내 말이. 치열하게 사는 것도 좋지만 가끔씩은 이렇게 긴장을 풀어 주는 것도 좋은 거 같아. 그래서 어르신들이 낚시를 좋아하는 건가?"

잔잔히 흐르는 바닷물을 내려다보며 정마룡이 미소를 지었다.

정말 오랜만에 느끼는 여유 같아서였다.

그동안 이 기 수련생들 기초를 잡아 준다고 발에 땀나도록 뛰어다녔던 걸 생각하면 지금의 여유가 더욱더 달콤했다.

"지금쯤 개인 수련을 하고 있겠죠?"

"쉬라고 해서 쉴 녀석들이었으면 우리 무관에 안 왔겠지. 여기 오는 조건으로 칠 년을 저당 잡혔는데."

"저당이라."

"뭐, 아이들 입장에서도 나쁘지 않지. 석풍표국의 기본공만 잘 익혀도 일급 표사까지는 올라갈 수 있으니까. 말이 기본공이지 그런 무공은 쉽게 배울 수 없어. 더구나 가르치는 분이 우리 관주님인데."

정마룡이 살짝 부러운 기색을 띠었다.

석가장에 있을 때를 생각하면, 혼자 무공을 익힌다고 끙끙 앓던 시절에 비하면 석풍표국의 쟁자수들은 운이 정말 좋은

무인환생

경우였다.

그때 정마룡이 독학하던 무공은 삼류 중의 삼류인 삼재기공이었다.

심지어 내공심법이라고 할 수 없는, 토납법 수준인 내공을 익혔기에 정마룡은 이번 기수 수련생들이 정말 천운을 얻었다고 생각했다.

"쉽지 않은 기회이기는 하죠."

"내 말이. 나였으면 매일 하루에 세 번씩 절했을 거야."

"다들 알아서 열심히 수련하잖아요. 덕분에 우리도 자극을 받고."

"근데 일 기보다는 확실히 자극이 덜 돼. 그때는 따라잡히기 싫어서 미친 듯이 수련했는데. 지금은 그런 압박감이 없어."

묘하게 아쉬운 얼굴로 정마룡이 중얼거렸다.

분명 좋은 기억은 아닌데 이상하게 그리운 느낌이 들었다.

처음이라서 그런지 일 기 수련생들과는 정도 많이 들었고 말이다.

"다들 잘 지내고 있을지 모르겠네요. 바로 표행에 투입된다고 들었는데."

"……죽는 사람도 있겠지?"

"그렇겠죠. 표사는 표물을 지켜야 하는 직업이니까요."

아직은 둘 다 죽음이 익숙지 않기에 얼굴이 순식간에 어두워졌다.

말이 많던 정마룡조차 입을 다물 정도로 말이다.

그때 배의 난간에 앞발을 모으고서 누워 있던 흑휘가 냉큼 정마룡의 정수리에 올라탔다.

그러더니 앞발로 그의 머리를 탕탕 두드렸다.

"어?"

"물고기 걸린 거 아니에요? 낚싯줄이 흔들리는데."

"왔다!"

낚싯대를 톡톡 건드리는 듯한 감각에 정마룡이 뒤늦게 잡아당겼다.

하나 걸린 건 없었다.

그 짧은 틈에 미끼만 쏙 빼먹고 도망한 것이었다.

"헐!"

순식간에 가벼워진 느낌에 정마룡이 허망한 표정을 지었다.

동시에 흑휘가 한심하다는 듯이 그의 마빡을 두어 번 두드리고는 다시 난간으로 훌쩍 뛰어 이동했다.

"또 잡으면 되죠. 시간은 많습니다. 꼭 잡을 필요도 없고요."

"지금이라도 바닷속에 들어갈까? 그물주머니 들고 손으로 잡는 거지. 나도 이제는 수공 많이 늘었는데."

"여기는 꽤 깊을걸요, 해변가랑 달리."

자존심이 꽤나 상했는지 정마룡이 앓는 소리를 냈다.

하지만 아직 탁윤만큼 수영을 잘하는 건 아니었기에 고민만 할 뿐 말처럼 물속으로 들어가지는 않았다.

"저기요."

"말씀하시죠."

"궁금한 거 있는데 물어봐도 돼요?"

"예."

갑작스러운 당아린의 질문이었지만 석진호는 당황하지 않았다.

차분한 당하린과 달리 당아린은 어디로 튈 줄 모르는 성격이었기에 이제는 그러려니 했던 것이다.

게다가 이런 성격을 겪어 본 게 한두 번이 아니기도 했고 말이다.

"왜 이런 곳에서 사시는 거예요? 마음만 먹으면 지금보다 더한 명성을 얻으실 수 있을 텐데."

"무명을 꼭 날려야 합니까?"

"예?"

생각지도 못한 대답이었던 것일까.

당아린이 자기도 모르게 반문했다.

하지만 이내 표정을 가다듬은 그녀는 당돌한 얼굴로 말을 이었다.

"무인이잖아요. 무인으로서 강호에 명성을 떨치는 건 영광 아닌가요? 명성이 높아지는 만큼 얻는 것도 적지 않고요.

자고로 사내대장부로 태어났다면 야망을 가져야 하지 않을까요?"

묘하게 신경을 긁는 듯한 말이었지만 석진호는 거기에 넘어가지 않았다.

그러기에는 그가 지금껏 쌓아 온 수양이 너무 깊었다.

"야망이라. 좋죠, 야망. 근데 모두가 다 같은 생각일 필요는 없다고 생각합니다. 또한 알려지지 않는 고수 역시 많지요."

"은거 고수가 되고 싶다는 말인가요?"

"꼭 그런 건 아니고 명성에 굳이 연연할 필요는 없다는 겁니다. 실력이 있다면 이름은 언제라도 알려지기 마련입니다. 물론 당 소저의 말대로 강호출도를 하면 빠르게 이름을 알릴 수 있겠지요. 그러나 제가 원하는 삶은 그런 게 아닙니다."

"그래서 앞으로도 계속 이렇게 사시겠다고요?"

당아린의 눈매가 날카로워졌다.

실력이 없는 것도 아니고 있으면서 이렇게 야망이 없는 게 그녀는 이해가 되지 않았다.

더구나 언니인 당하린과도 관련되어 있기에 당아린이 매서운 눈으로 석진호를 쏘아봤다.

"삶의 목표와 기준은 본인이 세우는 겁니다. 다른 사람이 아니라."

"아린아."

무인환생

도를 넘은 발언에 당하린이 황급히 여동생을 말렸다.

마지막 말은 무례하다고 해도 이상하지 않았기에 당하린은 대신 사과하듯이 고개를 숙였다.

"치잇!"

하지만 그마저도 당아린은 못마땅하다는 듯이 입술을 삐죽 내밀며 고개를 돌렸다.

틀린 말은 없지만 그렇다고 이해가 된 건 아니어서였다.

"죄송해요, 관주님. 아린이가 주제넘는 말을 해서요."

"이해는 합니다. 제 선택이 일반적이지는 않으니까요. 하지만 다음에는 조심해 주셨으면 좋겠습니다."

마지막 말을 하며 석진호가 당아린을 쳐다봤다.

그러나 당아린은 그 시선을 못 느끼는지, 아니면 모른 척하는 건지 석진호를 쳐다보지 않았다.

"아린아."

"알았어. 사과하면 될 거 아냐. 죄송합니다."

"엎드려 절 받기 같지만, 일단은 받아들이죠."

차분하고 현숙한 당하린과 달리 당아린은 쌍둥이 동생이라고 믿기 힘들 정도로 말괄량이였다.

쉽게 말하면 성격이 정반대라고나 할까.

거기다 당가 특유의 똥고집도 있어 다루기가 쉽지 않은 인물이었다.

지금이야 언니의 목숨을 구해 준 은인이고 당하린이 있으니 제어가 됐지만, 만약 그 두 가지가 없었다면 진즉에 온갖 말썽과 사건 사고는 다 일으켰을 터였다.

"저도 사과드릴게요. 제가 먼저 막았어야 했는데…….."

"괜찮습니다. 원래 성격이 저런 걸 아는데요."

"제 성격이 어때서요?"

"본인이 잘 알 거라고 생각합니다."

방금 전에 사과한 것은 새까맣게 잊어 먹었는지 당아린이 쌍심지를 켜며 물었다.

그러나 그 기세는 얼마 가지 못했다.

정마룡에 이어 그녀에게도 입질이 왔던 것이다.

"어머!"

낚싯대를 톡톡 건드리는 손맛에 당아린이 황급히 고개를 돌려 이리저리 흔들리는 낚싯줄을 바라봤다.

그러자 흑휘가 관심을 보였다.

처음으로 당아린에게 다가가며 출렁이는 낚싯줄을 뚫어져라 쳐다봤던 것이다.

"흐흐흐, 흑휘야!"

지금껏 단 한 번도 곁을 허락하지 않던 흑휘가 먼저 다가오자 당아린이 눈물을 글썽거렸다.

감동도 이런 감동이 없어서였다.

동시에 그녀는 지금 필요한 게 무엇인지 단박에 파악했다.

'이 관심을 계속 이어 가야 해! 즉! 미끼를 문 물고기를 잡

아야 한다는 거지!'

우우우웅!

얇은 낚싯대를 향해 당아린의 진기가 노도와 같은 기세로 뻗어 나갔다.

그리고 그 효과는 즉시 나타났다.

생전 처음 하는 낚시임에도 당아린은 단숨에 물고기를 낚아냈던 것이다.

펄떡펄떡!

어른 팔뚝만 한 생선이 선상에 올라와 미친 듯이 날뛰었다.

바깥 공기가 낯설다는 듯이 쉴 새 없이 펄떡였는데 그 모습에 얌전히 있던 새끼 늑대 세 마리가 달려들었다.

"먹어도 돼, 흑휘야!"

하지만 당아린은 새끼 늑대들을 물리고서 조심스럽게 생선을 들어 흑휘에게 내밀었다.

관심을 보인 만큼 먹을 수도 있다고 생각해서였다.

그러나 흑휘는 생선을 빤히 쳐다보기만 할 뿐 다가오지는 않았다.

당장 물 줄 알았는데 그러지 않았던 것이다.

"저도 입질 왔어요!"

"저도요!"

그때 곳곳에서 탄성이 터졌다.

연쇄적으로 입질이 온 것이었다.

그로 인해 선상이 한순간에 시끄러워졌다.

천고마비라는 말이 절로 떠오를 정도로 창창한 날에 한 대
의 마차가 승천무관 앞에 멈춰 섰다.

이윽고 화려하기 짝이 없는 사두마차의 문이 열리며 익숙
한 얼굴의 중년인이 모습을 드러냈다.

"여기가 승천무관인가."

"그렇습니다, 장주님."

"이리될 줄 알고는 있었지만 그래도 기분이 참 묘해, 허허
허."

마차를 호위하던 수신 호위들이 말에서 내려 중년인의 옆
에 섰다.

승천무관의 관주가 누구인지 모르지 않지만 그래도 혹시
몰라서였다.

"먼저 안에 들어가서 장주님이 오신 걸 알리겠습니다."

"그래."

마부석에 앉아 있던 수행원의 말에 중년인이 고개를 주억
거렸다.

하지만 그의 시선은 이미 진즉부터 활짝 열린 승천무관 안

을 향해 있었다.

"차합!"

"합!"

승천무관의 앞마당에서는 훈련이 한창이었다.

젊다기보다는 어리다는 말이 아직은 더 어울릴 것 같은 소년들이 훈련에 매진하고 있었는데 그 기세가 사뭇 대단했다.

누구 하나 농땡이 피우지 않는 것도 인상적이었다.

"들어가시죠, 장주님. 승천관주를 만났답니다."

"그래."

수행원이 전음을 보낸 것인지 호위 무사가 입을 열었다.

그 말에 중년인, 석명일이 성큼성큼 안으로 걸어갔다.

"아, 안녕하십니까!"

"안녕하세요."

석명일의 등장에 날카로운 눈으로 수련생들의 자세를 살펴보고 있던 정마룡과 탁윤이 화들짝 놀라며 달려왔다.

온다는 말은 들었지만 그게 오늘일 줄은 몰랐기에 둘 다 당황한 기색이 완연했다.

"석가장에서 나갈 때 보고 처음이지? 둘 다 이제는 진짜 무인이 되었구나. 석가장에서 봤을 때와는 완전히 달라."

"가, 감사합니다."

"흘러나오는 기세도 날카롭고. 그래서 말인데 다시 돌아올 생각 없느냐?"

"죄송합니다."

석명일의 칭찬에 언제 감격했냐는 듯이 정마룡이 정색하며 대답했다.

그리고 그건 탁윤도 마찬가지였다.

깊은 눈으로 단호하게 거절했다.

"역시 그런가. 나는 너희 둘이 온다고 하면 진호도 흔들리지 않을까 싶었는데. 역시 핵심인 진호부터 노려야 하나."

정색하는 두 사람의 모습에도 석명일은 웃었다.

어느 정도 예상하기도 했을뿐더러 반은 농담이어서였다.

"그게 빠르실 거라 생각합니다."

"이제는 교두가 된 것이냐?"

"예. 아직 미숙하지만 그래도 조금은 관주님을 도와드리고 있습니다."

"앞으로도 우리 아들 잘 부탁하마."

"아, 예."

정마룡이 어색하게 웃었다.

언제부터 석진호가 우리 아들이었냐고 따지고 싶었지만 아직 그럴 신분은 아니었기에 그저 어물쩍 웃으며 넘겼다.

"표정에서 생각 다 드러난다. 근데 원래 그게 네 나이대에는 맞는 모습인데……."

"저는 아니라는 말로 들립니다만."

"부정하지 않는 걸 보면 스스로도 알고 있는 것 같은데?"

武人還生
무인환생

"들어오시죠."

"인사도 안 하는 게냐."

부자지간이라고는 절대 보기 힘들 정도로 메마른 대우에 석명일이 헛웃음을 흘렸다.

하지만 석진호는 그가 그러거나 말거나 매몰차게 몸을 돌리고는 나왔던 건물을 향해 걸어갔다.

길 안내를 하겠다기보다는 따라오든지 말든지 알아서 하라는 듯한 느낌에 석명일은 쓴웃음을 지으며 발을 옮겼다.

이게 다 자업자득이라고 생각하면서 말이다.

'사실 이런 대접을 받아도 할 말이 없긴 하지.'

재능이 없다는 이유로, 쓸모없다는 이유로 천대하다 못해 없는 사람 취급했던 자신이었다.

그러나 그도 할 말은 있었다.

애초에 석가장은 자신의 능력을 증명하지 못하면 살아남을 수 없는 곳이었다.

태어났을 때부터 경쟁 속에서 생존하는 법을 익혀야 하는 곳인 만큼 무능력한 자식을 따로 챙길 수는 없었다.

아니, 석가장주로서 편애라는 감정은 허락되지 않았다.

거대한 황금성의 주인은 오직 숫자와 능력만 봐야 했다.

'그로 인한 폐해가 이것이라면 받아들여야지. 더불어 엇나간 길을 바로잡고.'

석명일의 안광이 강렬해졌다.

여기까지 온 이상 그는 목표한 바를 무조건 이루고 돌아갈 생각이었다.

"앉으시죠."

"아담하구나."

벼르는 눈빛으로 석진호를 따라 건물 안으로 들어간 석명일은 접객실로 사용되는 방에 들어섰다.

그리고 느낀 첫 감상은 소탈하다는 것이었다.

딱 필요한 것들만 있는 모습에 석명일은 참으로 석진호답다는 생각을 했다.

버는 돈이 적지 않다는 것을 아는데 어디에서도 사치를 한 흔적이 보이지 않았다.

'가장 크게 쓴 게 객잔을 인수할 때였나.'

따로 연락을 주고받는 건 아니었지만 석진호에 대해서 늘 보고는 받고 있었다.

측근에게 정기적으로 보고하도록 시켰기에 거의 일거수일투족 수준으로 알았다.

"딱히 공사할 필요가 없어서요."

"그래도 요즘에는 찾아오는 사람들이 많을 텐데?"

"무례한 이들은 아예 들이지도 않습니다. 그 외에는 골라서 만나는지라."

"갑의 위치를 제대로 누릴 줄 아는구나. 역시 석가의 혈족답다."

武人還生
무인환생

석명일이 흐뭇한 듯 너털웃음을 흘렸다.

역시 피는 못 속이는 것 같아서였다.

"꼭 그래서만은 아닙니다."

"그럴지도 모르지. 하지만 나에게는 그렇게 보이는구나. 소식도 간간이 듣고 있다. 객잔도 잘 운영하고 있다고."

"저보다는 유모가 직접적으로 관리하고 있습니다."

"네가 든든히 자리를 지키고 있으니까 하정이가 마음 편히 하는 거다. 혼자서 다 감당해야 했다면 그 자리를 지키지 못했을 게야."

석진호가 따라 주는 차를 들이켜며 석명일이 단정 짓듯이 말했다.

생각보다 소하정이 운영을 잘하는 건 맞지만 솔직히 석진호의 공이 적다고는 볼 수 없었다.

심지어 지금의 하정객잔을 만든 초대하마저도 석진호가 발견했을뿐더러 직접 구해 오기까지 했다.

그런 만큼 석명일은 순수하게 소하정의 공이라고는 생각하지 않았다.

"시간이 걸렸을 뿐 결과는 같았을 거라고 생각합니다. 장사는 결국 사람이 가장 중요하니까요."

"맞아. 장사도 사람이 하는 것이니까. 나는 한 번 실패한 것 같다만."

석명일이 의미심장한 표정으로 석진호를 쳐다봤다.

그러나 그 눈빛에도 석진호는 별다른 반응을 보이지 않았다.

시종일관 담담한 신색을 유지했다.

'석가장에서와 변하지 않았다.'

집을 나오기 전과 지금은 많은 것이 달라져 있었다.

하지만 그럼에도 지금 석명일이 받는 느낌은 석가장에서 마주했을 때와 똑같았다.

무명이 올라가고 벽풍뇌호라는 별호가 중원에 빠르게 퍼지고 있음에도 석진호는 달라진 게 없었다.

마치 고작 이 정도는 아무것도 아니라는 듯이 말이다.

'그래서 더 탐이 나는구나.'

석진호의 마음을 돌릴 수 없다는 사실을 알았을 때 그가 느낀 건 짙은 아쉬움이었다.

하지만 억지로 석진호를 붙잡지는 않았다.

누를수록 더욱 강하게 반발하는 게 사람이라는 걸 잘 알아서였다.

더욱이 석진호는 한창 혈기 왕성할 나이였기에 그는 뜸을 들이듯 기다렸다.

기다리면서 공을 들이면 언젠가는 자신에게 세운 벽이 무너질 거라고 생각해서였다.

그리고 피는 물보다 진하다는 말은 괜히 있는 게 아니었다.

武人還生
무인환생

시간이 약이다란 말도 괜히 있는 게 아니었고.

"백마표국 일 도와주셔서 감사합니다."

"당연히 내가 나서야지. 자식의 일인데. 어느 부모가 그런 꼴을 봤는데 가만히 있겠느냐. 물론 내가 이런 말을 하는 게 의아해 보일 수 있겠지만 네가 아니라 다른 아이였어도 내 선택은 달라지지 않았을 것이다. 이건 본장의 자존심 문제다."

"그래도 도움을 받은 건 받은 것이니 감사하단 말은 전하고 싶었습니다."

"아무리 그래도 서신만 달랑 보내는 건 좀 아니지 않느냐? 허허허."

"상황이 움직일 수가 없는 상황이었던지라."

석진호가 어깨를 으쓱거렸다.

빈말이 아니라 실제로 정신이 없었다.

수련생들도 가르쳐야 했고, 범원강이 아직 살아 있을 때라 범천승이 언제 쳐들어올지 몰랐기에 그에 따른 대비도 해야 했었다.

"알지. 그래서 이해했고. 게다가 손님도 있는데 주인이 자리를 비우기가 쉽지 않지."

"여러모로 사정이 있었습니다."

"괜찮다. 시간이 되는 사람이 오면 되지. 나도 한 번은 직접 와 보고 싶었고."

"어떻습니까?"

"작지만 알찬 느낌이야. 있는 건 다 있는 느낌이랄까. 기강도 제대로 잡혀 있고. 특히 눈빛들이 하나같이 강렬했어. 의심이라고는 눈을 씻고 찾아봐도 없는 느낌이라고나 할까. 그래서 많이 아쉽더구나."

석명일이 진심을 담아 말했다.

능력이 있는 거야 진즉부터 알아챘다.

하지만 이 정도일 줄은 몰랐다.

심지어 석진호는 가르치는 것뿐만 아니라 본인의 실력 역시 뛰어났기에 석명일은 얼굴 가득 아쉬운 표정을 지었다.

"다들 잘 따라 준 덕분입니다."

"그게 가장 어렵다는 거 알고 있지?"

석명일이 피식 웃었다.

사람 다루는 게 가장 어렵다는 걸 누구보다 그가 가장 잘 알아서였다.

"아직까지는 다행히 계획대로 잘되고 있습니다."

"그런 것 같아 보여. 지금 훈련받고 있는 아이들이 이 기생들이지?"

"예."

"남은 훈련 기간이 얼마 안 되는 걸로 알고 있다. 그래서 말인데 본장 애들도 맡기고 싶다."

"석가장에는 호가대가 있지 않습니까."

무인환생

석진호가 짐짓 모르는 척 반문했다.

그러자 석명일이 피식 웃었다.

피차 다 알면서 이렇게 나오는 게 웃겼던 것이다.

하지만 칼자루는 석진호가 쥐고 있기에 석명일은 웃으며 말을 이었다.

"본장의 문제에 대해서는 너도 잘 알고 있지 않으냐."

"계약으로 묶여 있다고 하나, 큰 문제는 없지 않습니까."

"유지에 만족한다면 지금도 나쁘지 않지. 하지만 한 단계 더 높은 곳으로 발돋움하기 위해서는 변화가 필요하다고 생각한다. 그 적임자로 나는 너를 생각하고 있고."

"높게 평가해 주시는 건 감사하지만 중원에는 저보다 더 뛰어나신 분들이 많습니다. 그분들께 찾아가는 게 낫지 않을까 생각합니다."

석진호는 일말의 고민도 하지 않고 딱 잘라 말했다.

그러나 석명일도 만만치 않았다.

이럴 거라고 예상했기에 석명일은 당황하지 않고 말을 이었다.

"맞다. 하지만 그들은 어쨌거나 외부인이다. 혈족인 너와는 위치부터가 달라. 또한 제이의 호가대가 될 수 있다는 가능성도 있지."

"죄송하지만 저는 석가장으로 돌아갈 생각이 없습니다."

결정을 이미 내려 놓고 설득을 하려는 것 같은 석명일의 모습에 석진호는 들고 있던 찻잔을 내려놓으며 확실하게 대답했다.

무슨 말을 해도 석가장에 되돌아가지는 않겠다고 말이다.

이미 황화현에서의 삶에 만족하고 있을뿐더러 석가장에 돌아가서 하고 싶은 게 단 하나도 없기에 석진호는 단호하게 자신의 생각을 밝혔다.

"……역시 그렇더냐."

"장주님이시라면 저보다 더 뛰어난 인물을 찾아내실 수 있을 겁니다."

석명일이 나지막하게 한숨을 내쉬었다.

많이 노력했다고 생각했지만 아직도 부족한 것 같아서였다.

그러나 백마표국의 일을 거론하지는 않았다.

지금 상황에서 백마표국의 일을 꺼내면 역효과가 날 게 분명해서였다.

'최선이 안 된다면 차선으로 갈 수밖에.'

집의 곳간을 불리는 것도 중요하지만 그보다 더욱 중요한 게 바로 풍성한 곳간을 지키는 일이었다.

때문에 석명일은 석진호를 절대 포기할 수 없었다.

그리고 그가 보기에 석진호는 고작 이 정도에 머물 인물이 아니었다.

은거하듯 생활하고 있음에도 온 천하에 자기 이름 석 자를 각인시켰다.

'무엇보다 지금이 아니면 다음에 기회는 없어. 독점이 안 된다면 선점이라도 해야 해.'

석풍표국 역시 석가장에 속해 있기에 일 기 수련생들의 변화와 활약에 대해서 누구보다 잘 아는 이가 바로 그였다.

그렇기에 석명일은 석진호를 본가로 데려갈 수 없다면 확실한 끈이라도 만들어야 한다고 생각했다.

"알겠다. 그 부분에 대해서는 더는 말하지 않으마. 대신 나도 수련생을 승천무관에 보내고 싶구나."

"아실 텐데요. 현재 본 무관은 석풍표국하고만 계약을 하고 있습니다."

"당연히 알고 있지. 하지만 석풍표국 역시 석가장의 일원이지 않더냐. 크게 보면 모두 다 한 가족이다. 더구나 무관주인 너는 내 아들이고."

집요할 정도로 틈만 나면 부자지간이란 사실을 강조하는 석명일의 모습에 석진호가 실소를 흘렸다.

참 대단한 수완가이자 달변가인 것 같아서였다.

하지만 분명한 것은 현재 갑은 자신이라는 사실이었다.

'이런 게 네가 원한 것이겠지.'

본래 몸의 주인이 바랐던 상황이 바로 이런 상황이었을 게 분명했기에 이제는 완전히 떠나 버린 그를 떠올리며 석진호는 속으로 웃었다.

그러면서 냉정하게 생각했다.

공과 사는 엄격히 구분하는 게 좋고, 사업에 대해서 논의를 할 때는 개인감정을 최대한 없애는 것이 좋았다.

"당장 답을 해 주지 않아도 좋다. 너도 이제 한 조직의 수장인 만큼 신경 써야 할 게 많을 테니까. 일정도 그렇고."

"긍정적으로 검토해 보겠습니다. 아, 이건 기간별 금액입니다. 알고 계시겠지만 받으시죠."

무인환생

제33장 이게 웬 떡?

석덕월에게도 주었던 가격표를 석명일에게 건넸다.

그런데 이미 알고 있을 텐데도 그는 진지한 얼굴로 한 장 뿐인 가격표를 찬찬히 읽어 내려갔다.

"아직 변한 게 없구나."

"예."

"할 수만 있다면 미리 계약을 맺고 싶은데 말이지. 난 이 가격의 두 배를 지불할 용의도 있어."

석명일이 농담기라고는 조금도 없는 얼굴로 말했다.

이미 암암리에 승천무관에 대한 이야기가 표국계에 돌고 있었다.

구대문파나 오대세가와 같은 대문파나 명문 세가 방계들

이 만든 표국들이라면 모를까 대부분의 표국들은 중소 규모였다. 그렇기에 늘 인재와 고수에 목말라 있는데 석진호가 나타났다.

물론 아직은 기본기만 제대로 잡아 주는 수준이었지만 가격표에 대해서 처음 들은 순간 석명일은 확신했다.

머지않아 이 단기 속성 과정으로 인해 수많은 이들이 승천무관을 찾을 것임을 말이다.

'그 전에 무조건 침을 발라 놔야 해. 돈은 문제가 아냐. 돈이 있어도 승천무관에서 받아 주지 않으면 말짱 꽝이니까.'

석풍표국 쪽에서는 가격도 가격이지만 아직 확신할 수가 없기에 논의 중인 걸로 알고 있었다.

하지만 그는 석풍표국이 모르는 정보를 알고 있었다.

석풍표국에서 석진호가 청송표국의 아이들, 정확하게는 도주윤을 가르쳤다는 사실을 알았기에 석명일은 고민하지 않았다.

그래서 거침없이 두 배를 거론한 것이기도 했고 말이다.

'고작 두 배에 선점할 수 있다면 싸게 먹히는 거다. 겸사겸사 점수도 좀 따면 이득이고.'

태생이 장사꾼인 그는 고작 한 가지 이유 때문에 움직이지 않았다.

당장 오늘의 방문만 해도 몇 가지를 생각한 끝에 움직인 것이었다.

"두 배라."

"너도 알지 않느냐. 나는 돈 많다."

"하지만 함부로 사용하지는 않는 편이시죠. 낭비를 싫어하시고."

"낭비가 아니라고 생각하니까. 때론 통 크게 질러야 할 때도 있고 말이지."

심유한 석진호의 시선을 정면으로 마주하며 석명일이 의미심장하게 말했다.

서로 속내는 드러내지 않고 상대를 떠보기만 했던 것이다.

"알겠습니다. 일단 생각해 보고 연락드리겠습니다."

"부디 좋은 쪽으로 결과가 나왔으면 좋겠구나."

석명일이 얼굴 가득 아쉬운 표정을 지으며 말했다.

마음 같아서는 당장 받아들였으면 좋겠지만 안타깝게도 현재 그는 갑이 아닌 을이었다. 그렇기에 석명일은 오랜만에 을의 위치에서 간절하게 부탁했다.

"너무 큰 기대는 하지 않으셨으면 좋겠습니다."

"그 말이 거절로 들리는 건 내 느낌이겠지?"

"확답은 못 드리겠네요."

"다시 한번 긍정적으로 생각해 주었으면 좋겠다. 돈이 부족하다면 더 낼 의향도 있다."

석진호의 말이 농담처럼 들리지 않았기에 석명일이 다급하게 입을 열었다.

그러나 그 말에도 석진호는 애매모호한 미소만 지은 채 별다른 대답을 하지 않았다.

대신 석진호는 자리에서 일어나 무언가를 가지고 왔다.

툭.

"그래도 도와주셨는데 감사 인사만 하는 건 도리가 아닌 것 같아서요."

"이건 뭐야?"

"선물입니다. 열어 보세요."

"어……."

갑자기 건네주는 선물에 석명일이 당황한 듯 두 눈을 껌뻑였다.

하지만 이내 그는 조심스레 밀봉되어 있는 상자를 열었다.

그리고 두 눈을 부릅떴다.

"마음에 드실지 모르겠습니다."

"이, 이건!"

"최소 삼백 년은 넘었을 겁니다. 제가 추정하기로는 사백 년 안팎이지 않을까 싶습니다."

바닷물과 함께 다소곳이 담겨 있는 커다란 백색 조개의 모습에 석명일의 동공이 격렬하게 흔들렸다.

그런 그의 귀에 석진호의 추가 설명이 이어졌다.

"진짜 나한테 주는 거라고?"

"백마표국 때 도와주신 것에 따른 보답입니다."

武人還生
무인환생

"……혹시 이걸로 털어 내려는 건 아니지?"

금세 표정을 가다듬은 석명일이 혹시나 하는 얼굴로 물었다. 왠지 그의 뇌리에 한 가지 가정이 떠올라서였다.

"단순한 보답입니다. 다른 의미는 없습니다."

"흐음."

"드셔도 되고, 파셔도 됩니다. 이제부터 주인은 장주님이시니까요."

보글보글 올라오는 기포만 봐도 아직 살아 있음을 알 수 있었다. 그러나 근본이 조개인 이상 아무리 보관을 잘해도 사흘을 넘기지는 못할 터였다.

하지만 백패(白貝)를 보는 순간 석명일은 결정을 내렸다.

자신이 직접 먹기로 말이다.

"고맙다. 이런 선물을 주리라고는 생각지 못했는데."

"은원 관계는 확실할수록 좋으니까요."

"그리 말하니 좀 서운하지만 내 지은 죄가 있어 섭섭하다고 말을 못 하겠구나."

석명일이 쓸쓸한 미소를 머금었다.

하나 그러한 기색은 금방 사라졌다.

과거를 바꿀 수는 없지만 미래는 달랐다.

그렇기에 그는 앞으로의 일만 생각했다.

'관계는 차차 개선해 나가면 되니까.'

천 리 길도 한 걸음부터라는 속담처럼 석명일은 조금씩 다가가면서 앞을 막고 있는 방벽을 무너뜨릴 생각이었다.

이미 그 계획은 시작되었고 말이다.

월월월!

이제는 제법 덩치가 커진 새끼 늑대 세 마리가 오늘도 활기차게 꼬리를 흔들며 앞마당을 마음껏 뛰어다녔다.

그러다가 정마륭에게 혼이 나고는 한쪽 구석으로 조용히 이동했다.

하나같이 시무룩한 얼굴로 말이다.

"어휴, 어째 날이 갈수록 말을 안 듣는 거 같아요."

"짐승도 사춘기가 있으니까."

"예?"

정마륭이 당혹스러운 표정을 지었다.

짐승에게도 사춘기가 있다고 하자 놀란 것이었다.

"말도 안 통하는데 통제가 안 되는 건 당연하지. 오히려 저 정도면 말 잘 듣는 거야. 염소랑 토끼를 생각해 봐."

"그렇게 따지면 맞는 말씀이긴 한데……."

"너무 욕심 부리지 마. 과하면 독이 돼. 많이 컸지만 아직 새끼야. 마음은 아는데 무릇 모든 일에는 순서가 있는 법이야. 지금은 잘 먹고, 잘 자고, 잘 싸면서 마음 편히 자라게 둬

무인환생

야 할 때야."

"알겠습니다."

"그나저나 확실히 나쁜 습관이 없으니까 편하기는 하네."

각기 다른 무공을 익혔던 일 기 수련생과 달리 이 기 수련생들은 모두가 똑같은 무공을 익히고 있었다.

석풍표국이 가지고 있는 기본공을 익히고 있었기에 확실히 가르치기가 편했다. 다만 같은 무공을 익혔기에 개개인의 격차가 분명하게 드러나기는 했지만 석진호는 그게 나쁘다고 생각하지는 않았다.

부족함을 알아야 발전도 있다고 생각해서였다.

"일 기 때 관주님이 그거 때문에 진짜 고생하셨죠."

"고집쟁이들이 없어서 다행이었지. 쓸데없는 똥고집이 있었으면 배는 힘들었을 거야."

"그 전에 쫓아내시지 않았을까요?"

"정답."

석진호는 부정하지 않았다.

계약을 맺기는 했으나 그렇다고 무조건 끌어안고 가야 한다는 내용은 없었다. 파기는 위약금만 내면 언제라도 가능했기에 석진호는 아니다 싶으면 곧바로 쳐 낼 생각이었다.

굳이 그런 이들까지 끌어안고 가야 할 정도로 자금 사정이 나쁜 것도 아니었고, 그렇게까지 할 마음도 없었다.

"이번에는 소강이가 자극을 많이 받는 것 같습니다."

"비슷한 시기에 또래도 많으니까. 정신적으로 힘들긴 하겠지만 그 또한 견뎌 내야 해. 고작 이 정도 경쟁도 버티지 못하면 강호에서 오래 살아남지 못해."

"그렇죠."

"너는 아닌 것처럼 말하면 안 되지. 처음 이곳에 왔을 때가 아직도 난 선명한데."

"과, 관주님!"

얼굴이 붉어진 정마륭이 당황해서 소리쳤다.

하지만 그 모습에 석진호는 키득거렸다.

"그때 참 볼만했는데."

"이제 그만 잊힐 때도 되지 않았나요……."

"난 기억력이 좋은 편이라."

마지막까지 정마륭을 놀린 석진호가 천천히 발걸음을 옮겼다. 그러자 적당한 간격을 두고서 초식을 연마하던 수련생들의 시선이 석진호에게로 향했다.

가끔 개인별로 조언을 해 주는 경우가 있기에 다들 기대하는 것이었다.

"어깨에 힘이 너무 들어갔어."

"예!"

"자기만의 보폭을 찾아야 해. 검과 다리는 함께 움직이는 거다. 따로따로 나눠서 생각하면 안 돼."

"명심하겠습니다!"

"집중해. 혼자 수련하는데도 집중력이 떨어지면 어떡하자는 거야?"

"죄, 죄송합니다!"

매서운 눈으로 석진호가 빠르게 수련생들을 지나치며 지적했다.

그러자 확연히 분위기가 달라졌다.

다른 이도 아니고 석진호의 지적인 만큼 곧바로 받아들였던 것이다.

"오랜만에 단체전을 해 볼까."

순식간에 마흔 명이 넘는 인원들에게 조언 겸 충고를 해 준 석진호가 씨익 웃었다.

그런데 그 미소에 수련생들 전원의 얼굴이 굳어졌다.

인원은 그들이 훨씬 많았지만 늘 깨지는 것은 자신들이었기에 다들 하나같이 마른침을 삼켰다.

하지만 긴장은 하되 물러나지는 않았다.

"최근에는 윤이랑 마륭이만 상대했지?"

"예."

"그럼 오늘은 나랑 한판 하자. 무기는······."

깨지는 만큼 경험 역시 쌓였기에 수련생들은 일사불란하게 모여들었다. 그사이 석진호는 한쪽에 놓아둔 거치대에서 병기를 골랐다.

"이게 좋겠군."

철컹.

석진호가 고른 무기에 수련생들의 동공이 커졌다.

생각지도 못한 병기에 다들 의구심 어린 눈빛을 뿌렸던 것이다.

"구절편요?"

"응. 채찍과는 다른 맛이 있지, 이 녀석이."

정마룡도 놀란 듯 눈을 동그랗게 떴다.

창이나 봉, 쌍곤을 사용한 적은 있어도 구절편은 처음이었기에 정마룡은 다른 이들과 똑같은 표정을 지었다.

"그것도 다룰 줄 아세요?"

"웬만한 건 기본 정도로 다룰 줄 알아. 결국 병기는 손의 연장선이거든. 그것만 깨달으면 다루는 건 쉽지."

"……그게 가장 어려운 거 아닐까요?"

"맞아."

어이없다는 얼굴로 반문하는 정마룡을 향해 석진호가 씨익 웃었다.

누가 봐도 재수 없는 미소였지만 그 모습에 누구도 얼굴을 찡그리지 않았다.

지금까지 모든 면에서 압도적인 면모를 보여 주었기에 이제는 다들 그러려니 했던 것이다.

"역시 관주님이세요."

"아부는 됐다. 그럼 시작해 볼까? 다들 준비는 됐지?"

무인환생

"예!"

똑같은 길이의 단봉 아홉 개가 연결되어 있는 듯한 구절편을 늘어뜨리며 석진호가 물었다.

그러자 각각 검과 도, 창을 쥐고 있던 수련생들이 고개를 주억거렸다.

긴장도 되지만 새로운 무기를 경험한다는 사실에 수련생들은 집중력을 끌어 올리며 자연스럽게 위치를 잡았다.

석진호를 주시하면서 천천히 포위망을 만들었던 것이다.

"확실히 많이 늘었다니까."

서서히 포위망을 구축하는 수련생들의 모습에 석진호가 흡족한 미소를 머금었다.

합격진이라고 하기에는 힘들 정도로 군데군데 틈이 보였지만 그건 어쩔 수 없었다.

따로 합격진이 없는 만큼 경험에 의지해야 했고, 그런 것을 감안하면 지금의 포위망은 나쁘지 않았다.

처음의 단체전과 비교하면 어마어마하게 나아진 상태였기에 석진호는 만족스러운 얼굴로 서서히 구절편을 움직이기 시작했다.

'공력은 수련생들과 비슷한 정도로만.'

석진호는 십 년 남짓한 공력을 구절편에 주입했다.

그러자 뱀처럼 흐물흐물 늘어져 있던 구절편이 한 자루의 창처럼 빳빳해졌다.

"자, 그럼 시작해 볼까."

파앗!

구절편이 빳빳해진 것과 동시에 석진호가 땅을 박찼다.

전방에서 창을 들고 경계하는 네 명을 향해 달려들었던 것이다.

쌔애액!

그와 동시에 네 자루의 창이 순식간에 각기 다른 방향을 노리고서 석진호에게 쇄도했다.

그 짧은 찰나에 마치 합을 맞춘 것처럼 움직이는 모습에 석진호가 옅은 미소를 머금고는 구절편을 크게 휘둘렀다.

타타타탕!

구절편이 창과 같은 모습이기는 하지만 기본적으로 채찍이었다.

그런 만큼 길이에서는 네 사람의 창보다 훨씬 길었다.

석진호는 그 이점을 십분 발휘하며 순식간에 몸을 찔러 오는 네 자루의 창을 튕기고는 구절편에 주입했던 진기를 회수했다.

차르륵!

그 순간 구절편이 다시 본래의 모습으로 돌아오며 폭풍을 일으켰다. 순수한 채찍이 아니기에 둔할 것 같은 예상을 뒤엎고 너무나 유려한 선을 그리며 사방을 휩쓸었던 것이다.

퍼퍼퍼퍽!

"크윽!"

돌풍과 함께 휘몰아치는 구절편에 네 명의 수련생들이 난타를 당하며 뒤로 날아갔다.

그러나 석진호의 상황도 썩 좋지는 않았다.

짧은 시간이나마 네 명이 석진호를 붙잡아 두는 사이 사방을 점유한 수련생들이 그를 향해 일제히 달려들었던 것이다.

쉬이익!

그간의 훈련 결과를 보여 주는 듯이 말 한마디 하지 않았음에도 수련생들은 완벽한 합을 보여 주었다.

겹치는 것 하나 없이 공간을 완벽히 막아 버리며 석진호를 공격했던 것이다.

하지만 그렇다고 해서 석진호가 위험한 건 아니었다.

터터터텅!

몸을 중심으로 구절편을 회전시키며 쇄도하는 모든 공격을 한순간에 튕겨 낸 석진호가 땅을 박찼다.

그런데 그 모습에 수련생들 중 상위권에 속해 있는 이들이 눈을 빛냈다.

"기회다!"

"떨어지는 순간을 노려!"

사방을 포위했기에 석진호가 편히 움직일 수 있는 건 허공뿐이었다. 그리고 그건 달리 말하면 수련생들이 일부러 허공만 열어 주었다는 뜻이기도 했다.

물론 석진호의 실력을 생각하면 허공에 떠 있다고 해서 크
게 몰리거나 위험한 건 아니지만 적어도 땅에 두 발을 딛고
있을 때보다는 그들이 유리한 게 맞았다.

그렇기에 수련생들 중 창을 든 이들이 앞으로 나서며 석진
호를 향해 길게 내질렀다.

투웅.

하지만 그들의 시도는 실패했다.

창은 분명 장병기이지만 석진호에게는 그보다 더 긴 구절
편이 있어서였다.

다시 한번 구절편을 창처럼 빳빳하게 만든 석진호는 땅을
찍어 반동을 이용해 순식간에 수련생들의 영역에서 벗어났다.

단 한 번의 움직임으로 거짓말처럼 포위망에서 빠져나왔
던 것이다.

"헐."

"뭐 해! 놀라고 있을 틈이 어디 있어! 다시 포위해!"

"움직여!"

농락하듯 가볍게 포위망을 빠져나가는 모습에 감탄한 것
도 잠시, 수련생들은 다시 일사불란하게 움직이며 포위망을
짜기 시작했다.

그러나 이번에는 석진호도 기다려 주지 않았다.

바닥에 착지하기 무섭게 구절편을 맹렬하게 휘두르며 수
련생들을 공격했다.

카카카캉!

폭풍처럼 휘몰아치는 공세에 창이며, 도며, 검이 모조리 튕겨 나갔다.

그뿐만 아니라 육신도 가리지 않고 두들겼다.

"컥!"

"끄악!"

나무로 이루어진 구절편이 허공을 가를 때마다 비명이 터져 나왔다.

그러나 구절편을 제대로 막아 내는 이는 아무도 없었다.

갑자기 기괴하게 꺾이는 궤적에 수련생들은 속수무책으로 허물어졌다.

"애들이 정신을 못 차리네."

"……저였어도 두들겨 맞았을 것 같은데요."

"예측이 안 돼. 저게 기문병기의 장점인가."

검과 도, 창 등의 병기를 들었을 때도 석진호는 무서웠다.

아니, 적수공권이었어도 그의 일격을 제대로 막아 내는 이는 없었다. 그리고 그건 두 사람도 마찬가지였고.

한데 기문병기를 다루는 석진호는 또 다른 무서움이 있었다.

"구절편을 끊거나 박살 내야 하는데 그걸 가만히 두고 보지 않으시겠죠."

"운이 좋아 부수더라도 관주님에게는 두 주먹이 있어."

"사실 답이 없는 건 마찬가지죠."

정마룡과 탁윤이 서로를 보며 피식 웃었다.

어떤 병기를 들든, 아니 맨손이라도 석진호는 상대할 수가 없는 존재였다.

끼이잉.

그때 정마룡의 곁으로 새끼 늑대들이 다가왔다.

한동안 얌전히 있나 싶었는데 역시나 인내심이 바닥난 것이었다.

"녀석들."

"근데 빠르게 크기는 크네요. 잘 먹인다고 해도 너무 빠르게 크는 것 같기도 하고."

"덩치는 흑휘보다 더 커졌으니까."

"하지만 흑휘에게 꼼짝도 못 하지."

"못 하는 게 당연하지. 묵은 세월 차이가 얼마인데."

정마룡이 그리 말하며 첫째일 거라 예상되는 청랑이를 들어 올렸다.

그런데 그게 좋은 모양인지 살짝 푸른빛이 도는 털을 가진 청랑이 헥헥거리며 꼬리를 사정없이 흔들었다.

황랑이와 갈랑이도 안아 달라는 듯이 정마룡의 다리 하나씩을 차지하며 기어올라 왔다.

"늑대는 얼마나 자라야 다 큰 걸까요?"

"글쎄. 한 일 년 정도면 다 큰 게 아닐까?"

애교를 부리는 세 마리를 차례대로 안아 주며 정마룡이 말했다. 하지만 딱히 그게 중요하지는 않다는 투였다.

"다 자란 셋을 데리고 다니면 멋지기는 하겠네요."

"후후! 네가 생각해도 그렇지? 거기다 영물까지 되면……."

정마룡이 히죽 웃었다.

또 혼자만의 망상에 빠진 듯한 모습에 탁윤은 피식 웃으며 수련생들에게 다가갔다.

⚜

늦은 밤.

닿으면 베일 것 같은 초승달이 밤하늘 높은 곳에 맺혀 있을 때 석진호는 뒤뜰이 보이는 창가로 다가갔다.

뒷마당에서 익숙한 파공음이 들려와서였다.

후웅! 훙!

작은 체구의 세 명이 늦은 밤에도 도를 휘두르고 있었다.

기초 중의 기초라고 할 수 있는 횡베기와 종베기를 연습하고 있었는데 그럼에도 셋의 표정은 진지했다.

"오늘도 나와 있구나."

"정 교두님!"

"우리밖에 없을 때는 편하게 불러. 형이라는 좋은 말도 있잖아."

"그래도 돼요?"

"안 될 건 없잖아? 관주님도 안 계신데."

간편한 복장으로 도 한 자루를 차고서 뒷마당에 나온 정마룡이 부드럽게 웃으며 말했다. 하지만 친근한 그의 어조에도 동갑내기 셋은 눈치만 볼 뿐 선뜻 형이라 부르지 않았다.

"어, 그래도……."

"강요하는 건 아니니까 너무 깊게 고민하지는 말고."

"예."

"근데 성장기인 너희가 밤늦게 수련하는 건 몸에 좋지 않아. 남자에게 가장 중요한 키가 자라지 않는다고."

정마룡이 장난스럽게 얼굴을 굳히며 말했다.

하지만 그는 반 정도는 진심이었다.

남자는 가급적이면 키가 큰 게 좋았다.

키 작은 남자보다는 키 큰 남자를 좋아하는 여인들이 대부분이었기에 지금 이 시기의 잠은 무엇보다 중요했다.

"……하지만 너무 뒤처지는 거 같아서요."

"이렇게라도 해야 따라잡을 수 있을 것 같아서……."

채소강과 비슷한 또래의 아이들이 시무룩한 얼굴로 대답했다. 하루가 다르게 격차가 벌어지는 게 눈에 보였기에 가만히 있을 수가 없었다.

밤늦게까지 추가 수련을 한다고 해서 격차가 눈에 띄게 줄어들지는 않겠지만 그래도 어쩔 수 없었다.

武人還生
무인환생

좁히지는 못하더라도 더 벌어지는 것만큼은 막고 싶었기에 셋은 늘 이 시간에도 도를 휘둘렀다.

"그 마음 잘 알지. 나도 그랬으니까."

"저희도 얘기는 들었어요."

"우연히요!"

"일부러 알아본 건 아니에요!"

정마룡이 말문을 열기 무섭게 세 아이가 소리쳤다.

그러다가 이내 손으로 입을 막았다.

머물고 있는 객잔이야 밤늦도록 오고 가는 사람이 많다지만 여기는 승천무관이었다.

무공을 익히지 않은 소하정과 채소설이 한참 잠자리에 들 시간이었기에 셋은 깜짝 놀라며 서로를 돌아봤다.

"그렇게 눈치 볼 걸 왜 여기에서 수련하는 거야?"

"……동기들에게 들키고 싶지 않아서요."

"여기가 편하기도 하고요."

셋의 대답에 정마룡이 피식 웃었다.

아무리 세 명이 같은 방을 쓴다고 하지만 매일같이 이렇게 나오는데 다른 아이들이 모를 것 같지는 않아서였다.

하지만 굳이 그 부분을 지적하지는 않았다.

"그렇지만 방해가 된다면……."

"아직은 다들 별다른 말이 없으니 괜찮다."

"허업!"

갑자기 들려오는 석진호의 음성에 네 사람의 고개가 번개 같이 돌아갔다.

그러자 마치 신선이 하계에 내려오듯 유려하게 착지하는 석진호의 모습이 보였다.

"과, 관주님!"

"그렇다고 소리 지르는 건 안 돼."

"죄송합니……!"

반사적으로 대답했던 봉중건이 도중에 입을 막았다.

대신 허리를 연거푸 숙였다.

"지금은 괜찮아. 주변의 소리를 차단시켰으니까."

느긋하게 손을 휘저은 석진호는 봉중건을 시작으로 나머지 두 사람도 찬찬히 둘러봤다.

이름은 물론이고 현재 수준도 석진호의 뇌리에 차곡차곡 정리되어 각인되어 있었지만 그럼에도 석진호는 다시 한번 세 사람을 살펴봤다.

'근골은 셋 다 하(下).'

세 사람이 괜히 이 기 수련생들 중에서 뒤처지는 게 아니었다. 기본적으로 셋의 재능은 수련생들 중 바닥이었다.

가장 기본이라 할 수 있는 신체 능력인 근력, 지구력, 순발력, 민첩성 모두가 뒤떨어졌다.

그뿐만 아니라 육신의 내구성도 평균 이하였다.

평균적인 육체를 가진 이가 십의 타격에 오 정도의 피해를

武人還生
무인환생

입는다면 세 명은 똑같이 십의 타격을 받으면 팔구 정도의
피해를 입었다.

그 정도로 근골이 형편없었다.

물론 장점을 극대화하면 된다고 말하는 이도 있다.

부족한 점을 채우기보다는 장점을 극대화해서 단점을 최
소화하면 된다고.

석진호 역시 처음에는 그리 생각했었다.

장점을 극대화해서 극에 닿으면 만류귀종이라는 말처럼
환골탈태를 이룰 수 있을 거라고.

하지만 이건 착각이었다. 애초에 출발선이 다른데 정상까
지 가는 길이 같을 리가 없었다.

또한 한계를 넘는 건 생각처럼 쉬운 일이 아니었다.

때문에 석진호는 생각을 달리했고, 그렇게 태극번천무가
탄생했다.

그러나 비기와도 같은 태극번천무를 이 아이들에게 가르
칠 수는 없었다.

'비기를 전수해 줄 정도의 인연은 아니니까.'

안타깝기는 했지만 세 명과 석진호의 관계는 딱 관주와 수
련생 정도였다.

정마룡과 탁윤에게도 가르치지 않은 비기를 셋에게 가르
쳐 줄 이유는 없었기에 석진호는 머릿속에서 태극번천무를
지웠다.

대신 다른 걸 떠올렸다.

"조언을 해 주기에 앞서 한 가지 문제를 내마. 똑같은 무공을 익혔는데 왜 펼치는 모습은 각기 다를까?"

갑작스러운 문제였지만 누구 하나 허투루 듣지 않았다.

이런 문제를 낼 이유가 분명히 있다고 생각해서였다.

그런데 세 사람뿐만 아니라 정마룡도 골똘히 생각에 잠겼다.

"응용을 달리해서 그런 게 아닐까요? 변초라든가."

"반만 맞혔다."

"어……."

손을 들며 입을 열었던 봉중건이 다시 생각에 잠겼다.

나머지 반을 채우기 위해서였다.

그런 그를 위시로 모두가 생각에 잠겼다.

휘이이잉.

찬 바람과 함께 갑작스레 침묵이 내려앉았다.

하지만 석진호는 지루한 기색 없이 기다려 주었다.

이렇게 고민하고 생각하는 게 별거 아닌 것처럼 보일지 모르나 나중에는 다 약이 된다는 걸 알았기에 석진호는 차분히 기다렸다.

"숙련도의 차이 아닐까요?"

"아니. 내가 말한 것의 기준은 똑같은 수준일 때다."

"흠."

武人還生
무인환생

조심스레 의견을 제시했던 정마룡이 다시 생각에 잠겼다.

하지만 누구 하나 시원스럽게 입을 열지 못했다.

"정답은 몸이다."

"몸요?"

"그래. 지금 너희 셋만 보더라도 육신이 각각 다 다르잖아. 그러니 아무리 똑같은 초식을 익혔다고 하더라도 다를 수밖에 없지. 그 말인즉 똑같이 익히고 똑같이 펼쳐서는 따라잡을 수 없다는 뜻이다. 애초에 신체 능력이 다른데 똑같은 방식으로 익혀서 따라잡을 수 있을 리가 없잖아? 노력은 반드시 발전과 비례하지 않아. 냉혹하지만 그게 현실이지."

누군가는 말했다.

범재도 죽도록 노력하면 언젠가는 천재를 따라잡을 수 있다고. 그러나 그 말은 달리 말하면 천재도 노력하면 범재는 죽어라 노력해도 따라잡을 수 없다는 뜻이기도 했다.

"그렇죠……."

"그러니 방법을 달리해야지. 정면 대결로 승산이 없다면 부딪치지 않으면 될 일이다."

"어?"

"물론 체력만으로 모든 걸 뛰어넘을 수는 없지. 그래서 너희는 이걸 써야 해."

석진호가 손가락으로 자신의 머리를 두드렸다. 그런데 그 행동에 세 사람은 물론이고 정마룡도 눈을 빛냈다.

"끊임없이 생각하고 또 생각해야 해. 상대방의 움직임, 습관, 호흡 모든 것을 외우고 빈틈을 파헤쳐야 해. 그러면서 가급적이면 공격을 허용하지 않고. 어쩔 수 없이 충돌하더라도 흘려 내는 쪽으로. 물론 남들이 보기에는 도망만 다니는 것처럼 보이겠지. 하지만 중요한 건 결국 살아남는 거다."

석진호의 말에 세 사람의 눈동자가 더욱 형형하게 빛났다.

마치 깨달음을 얻은 듯한 모습에 석진호는 피식 웃으며 설명을 이어 갔다.

세 사람 전용 맞춤 교육에 들어갔던 것이다.

해가 뉘엿뉘엿 넘어가는 늦은 오후가 돼서야 업무를 마친 석미룡이 기지개를 폈다. 하도 오랫동안 앉아 있어서 그런지 몸 곳곳에서 우두둑거리는 소리가 산발적으로 들렸다.

"슬슬 겨울이 오려나 보네. 바람이 더 쌀쌀해지는 걸 보면. 그리고 겨울이 끝나면 한 살을 더 먹겠지."

어릴 때는 하루라도 빨리 어른이 되고 싶었는데 지금은 정반대가 되었다. 한 살이라도 더 어려지거나 지금 이 나이에서 멈췄으면 싶었다. 하지만 세월은 그 누구도 막을 수 없다는 말처럼 나이를 피해 갈 수는 없을 터였다.

"나도 주인공이라는 걸 구해 볼까. 이제는 구할 수도 있을

무인환생

것 같은데."

석진호 덕분에 최근 그녀는 새로운 인맥을 틀 수 있었다.

그래서 석미룡은 진지하게 고민했다.

무재가 없다는 건 진즉부터 알고 있었지만 주안공은 다르지 않을까 생각했다.

관리는 젊을 때부터가 아니라 어려서부터 하는 거라는 말도 있었기에 석미룡은 진심으로 고민했다.

"아, 진호 생일도 다가오는구나."

눈이 내릴 즈음이면 석진호의 생일 역시 다가왔기에 석미룡이 박수를 쳤다.

현재 가장 중요한 거래처라 할 수 있는 곳이 승천무관이었기에 그녀는 더더욱 이번 석진호의 생일에 신경 썼다.

독점 판매가 일 년뿐이고 그 이후부터는 따로 계약을 맺어야 하는 만큼 석미룡은 이번 생일을 더더욱 소홀히 여길 수 없었다.

"흐음, 뭐가 좋으려나."

자신만큼은 아니지만 석진호도 재산이 적지 않았다.

석가장을 나간 지 일 년도 안 된 점을 생각하면 말도 안 되는 재산 증가였지만 석진호는 그걸 해냈다.

그런데 중요한 건 석진호가 딱히 돈에 연연하지 않는다는 점이었다. 다다익선이라는 말처럼 없는 것보다는 많은 게 좋다고 생각하지만 딱 거기까지였다.

돈을 필요한 도구로만 생각했기에 단순히 값비싼 선물을 줘 봤자 대충 금고나 창고에 처박아 둘 게 뻔했다.

"그런 건 아무짝에도 소용없어. 기억에 오래 남고, 진짜로 좋아할 만한 선물이 필요해. 가장 먼저 내가 준 선물이 떠오를 정도로."

툭툭툭.

미간을 좁힌 석미룡이 고민에 빠졌다.

하지만 딱히 이거다 할 만한 게 떠오르지 않았다.

사치품에도 관심이 없다는 걸 알기에 마땅한 게 생각나지 않았던 것이다.

"뭐, 아직 시간이 촉박한 건 아니니까 좀 더 고민해 보는 걸로."

아무리 생각해도 딱히 괜찮다 싶은 게 떠오르지 않자 석미룡은 빠르게 포기했다. 당장 준비해야 하는 게 아닌 만큼 조금은 여유롭게 생각하기로 마음먹은 것이었다.

대신 그녀는 현재 팽팽하게 이어지고 있는 승계 다툼에 대해서 생각했다. 원래는 큰오빠와 작은오빠의 이파전이었지만 무섭게 치고 올라간 그녀 덕분에 나름 균형이 맞고 있었다.

"많이 올라오기는 했지만 아직 부족하지. 그러니 둘 다 그 딴 제안이나 하는 것이고."

석미룡이 비릿하게 웃었다.

마치 서로 짠 것처럼 어제 큰오빠와 작은오빠에게서 서신

무인환생

이 왔었다. 내용도 말투만 다를 뿐 똑같았고 말이다.

"아직도 날 경쟁자로 여기지 않는단 말이지."

석미룡의 눈빛이 서늘해졌다.

많이 따라잡았다고 생각했는데 역시나 두 오빠는 부족하다 여기는 듯했다.

그리고 그렇게 생각하는 이유 중 하나가 자신이 여자라는 점 때문일 터였다. 석가장 역사상 여인의 몸으로 장주직에 오른 이는 없었으니까.

하지만 그렇기에 석미룡은 자신이 최초로 석가장의 주인이 되고 싶었다. 그래야 후대에 딸로 태어난 이들이 꿈을 쉽게 포기하지 않을 테니까.

"하지만 뭐, 나쁘진 않지. 방심하고 있을수록 나에게는 유리하니까."

석진호가 보내 주는 백년자패, 백년홍패, 백년백패 등으로 그녀는 지지 기반을 확실하게 다지고 있었다.

그뿐만 아니라 호위 무사들의 질도 향상시키고 있었기에 두 오빠들의 전력을 따라잡기까지 그리 멀지 않았다고 생각했다.

다만 따라잡는 데 그치지 않고 뛰어넘기 위해서는 승천무관의 도움이 반드시 필요하다고 생각했다.

공력이 많다고 해서 다 고수가 되는 건 아니었기에 석미룡은 석진호의 도움이 꼭 필요했다.

그래서 이번 생일 선물이 중요한 것이기도 했고.

"절정 고수들을 차곡차곡 늘리면 오빠들하고도 해볼 만해. 최악의 상황이 닥치면 그냥 독립하면 되고."

예전에는 오직 석가장주 하나만 바라봤었다.

그런데 독립하고도 잘나가는 석진호를 보자 그녀는 본인 스스로 만든 틀을 냉정하게 마주 볼 수 있었다.

최선을 다해 도전하되 실패해도 그게 끝이 아니라는 사실을 말이다.

"참, 동생 같지 않은 동생이라니까."

어떻게 보면 이 여유도 석진호가 만들어 준 것이나 마찬가지였다. 그렇기에 석미룡은 다시 한번 고맙다는 생각을 하며 두 오빠들을 밀어낼 계책을 준비하기 시작했다.

더불어 두 오빠가 석진호에게 접근하지 못하게 할 방법도 궁리하면서.

그녀 역시 석가의 피를 이었기에 욕심으로는 누구에게도 뒤지지 않았다.

오랜만에 쪽배를 탄 석진호는 먼바다로 쭉쭉 나아갔다.

초대하 요리를 처음 공개했을 때만 하더라도 그가 쪽배에 탈 기미만 보이면 수많은 어선들이 따라붙었었지만 이제는 아니었다.

내공을 이용해 나아가는 석진호의 쪽배를 따라잡을 수 없

武人還生
무인환생

다는 걸 몇 차례의 실패 끝에 깨닫고는 더 이상 따라오지 않았다.

"바람도 적당하고. 나쁘지 않네."

아침저녁으로 일교차가 확연하게 커졌지만 환골탈태 후 수화불침의 경지에 오른 석진호에게는 해당 사항이 없었다.

추위가 아무리 기승을 부린다고 해도 심해에 비하면 조족지혈이었고 말이다.

게다가 혼원천뢰신공의 기운이 날이 갈수록 축적되고 있었기에 석진호는 늘 해 왔던 대로 발목과 쪽배를 줄로 연결하고는 바닷속으로 들어갔다.

보그르르.

옷에서 흘러나오는 기포가 줄줄이 수면 위로 올라가는 것과 반대로 석진호의 몸은 점점 더 아래로 내려갔다.

심해를 향해 쭉쭉 내려갔던 것이다.

'응?'

빠른 속도로 내려가던 석진호의 눈에 신기한 녀석이 잡혔다. 길이만 거의 오 장에 달할 것 같은 거대한 뱀이 바다를 가로지르는 광경에 석진호는 멈춰 서서 구경했다.

서식지가 심해라서 그런지 두께도 상당한 녀석은 마치 바닷속의 폭군처럼 주변을 지나다니는 물고기들을 무자비하게 사냥했다.

근데 사냥의 이유가 배고픔 때문은 아닌 듯했다.

'저런 식으로는 영물이 되지 못할 텐데.'

물고기들을 가지고 놀듯이 사냥하는 거대 뱀을 보며 석진호가 팔짱을 꼈다.

지금까지 살아오면서 그는 제법 많은 영물과 마물, 괴수를 봤었다. 그렇기에 오 장이 훌쩍 넘어가는 거대 뱀을 보고도 전혀 긴장하지 않았다.

전생의 무위를 회복하지는 못했지만 그래도 영물도, 괴수도 아닌 녀석에게 잡아먹힐 정도는 아니었다.

번뜩!

그때 주위의 물고기들을 뜯고 맛보며 가지고 놀던 거대 뱀이 석진호를 발견했다.

제법 먼 거리였음에도 정확히 석진호를 주시했던 것이다.

그러더니 대뜸 석진호를 향해 달려들었다.

새로운 장난감을 발견한 듯한 눈빛을 뿌리면서 말이다.

-이거 참, 짐승에게 전음을 보낼 줄은 몰랐는데. 아, 보내도 이해하지 못하겠구나.

물속에서의 대결은 누가 봐도 석진호에게 불리했다.

아무리 그가 수공을 능숙하게 펼친다고 해도 바다에서 살아가는 존재에 비하면 부족할 수밖에 없었다.

하지만 그럼에도 석진호는 조금도 당황한 기색을 보이지 않았다.

콰우우우!

무인환생

오히려 입을 벌리고서 무시무시한 속도로 달려드는 거대 뱀을 향해 미소를 지어 보이며 천천히 팔짱을 풀었다.

이윽고 거대 뱀이 삼 장 앞까지 다가왔을 때 석진호가 일장을 뿌렸다.

퍼어어엉!

마치 밀어내듯이 느릿하게 수면을 때린 순간 놀라운 일이 벌어졌다. 장심을 중심으로 거대한 격랑이 일어나 거대 뱀을 튕겨 냈던 것이다.

하지만 이건 시작에 불과했다.

퍼엉! 퍼퍼펑!

그물주머니를 쥐고 있는 왼손은 쓸 필요도 없다는 듯이 석진호는 연거푸 우장을 휘둘렀다.

격공장의 묘리를 응용해 수면을 때렸고, 그로 인해 일어난 충격파는 고스란히 거대 뱀에게 향했다.

파지지직!

거기에 뇌기(雷氣)를 머금은 주먹까지 가세하자 거대 뱀은 반 각을 채 버티지 못하고 늘어졌다.

처음의 기세등등함은 어디로 갔는지 두 눈 가득 두려운 눈으로 석진호를 쳐다보면 녀석이 이내 몸을 내빼기 시작했다.

-어딜 가려고.

오는 건 마음대로 해도 상관없지만 가는 건 달랐다.

그렇기에 석진호는 재빨리 거대 뱀을 쫓아갔다.

이왕 이렇게 된 거 흑휘 간식으로 잡아갈 생각이었다.

내단은 없겠지만 그래도 간식 정도는 충분히 될 터였다.

'겸사겸사 세 녀석에게도 먹여 보고 말이지.'

안 그래도 근래 들어 정마륭이 제법 오래 묵었다 싶은 조개들을 찾아다니고 있었다. 수공을 연마한다는 핑계로 아기 늑대들에게 먹일 조개를 찾았던 것이다. 그래서 석진호는 겸사겸사 저 녀석을 잡아 아기 늑대들에게 줄 생각이었다.

'빠르긴 무지 빠르네.'

다만 문제는 아무리 석진호의 수공이 절륜해도 바닷속에서 사는 거대 뱀 정도는 아니라는 점이었다.

때려잡는 거라면 모를까 이와 같은 추격전에서는 석진호가 불리할 수밖에 없었다.

'하지만 방법이 아예 없는 건 아니지.'

퍼어엉!

쉴 새 없이 움직이던 두 다리가 멈췄다.

대신 석진호의 오른손이 활짝 펼쳐지며 수면을 때렸다.

거대 뱀을 후려치던 것과 비슷한 방식으로 반동을 이용해 속도를 높이는 수법이었다.

정확하게는 수면을 때리고 그 반동으로 날아가는 방법이었는데 단점은 방향 조절이 안 된다는 점이었다.

'그래도 속도 하나만큼은 끝내주니까.'

삼시간에 좁혀지는 간격에 석진호의 입가에 미소가 맺혔

무인환생

다. 하지만 거리가 가까워질수록 거대 뱀은 다급해졌다.

괴물 같은 인간이 빠른 속도로 거리를 좁혀 오자 두려움이 엄습해 왔던 것이다. 그래서 더욱더 몸을 놀렸지만 거리는 벌어지기는커녕 점점 더 좁혀지고 있었다.

캬아악!

보지 않아도 느껴지는 그 사실에 거대 뱀이 악을 쓰며 꼬리를 흔들었다.

이윽고 거대 뱀의 눈에 목표했던 곳이 보이기 시작했다.

수십 개의 동굴이 이어져 있는 해저 동굴이었는데 심해라고 하기에는 좀 낮은 곳에 위치해 있지만 괴물 같은 인간을 떨쳐 내기에는 이보다 더 적당한 곳도 없었기에 거대 뱀은 망설이지 않고 동굴 속으로 머리를 들이밀었다.

푹!

그러나 안타깝게도 거대 뱀은 뜻을 이루지 못했다.

석진호가 날린 검이 무시무시한 속도로 바다를 가르며 작살처럼 거대 뱀의 꼬리 부분을 관통해서였다.

검을 핵으로 삼아 이 장이 넘어가는 작살 모양의 강기를 만든 석진호는 거대 뱀의 꼬리 쪽을 관통한 것과 동시에 동굴 벽에 박았다.

거대 뱀이 더 이상 도망치지 못하도록 강기로 고정시켰던 것이다.

크워어어!

본능적으로 위기감을 느낀 거대 뱀이 발광했지만 안타깝게도 상처만 늘어날 뿐 박힌 강기는 미동도 없었다.

그리고 그사이 석진호가 도착했고 거대 뱀은 이내 생명을 다했다.

몸속을 헤집는 혼원천뢰기에 절명한 것이었다.

'조개는 다음에 따야겠네.'

두 눈의 빛을 잃고 축 늘어지는 거대 뱀의 모습에 석진호가 흡족한 미소를 머금었다.

비록 목표했던 백년자패는 찾지 못했지만 대신 보기 드문 녀석을 잡았기에 석진호는 오늘 조황은 이쯤에서 끝내기로 결정했다.

'응?'

꼬리에 박아 두었던 검을 회수하던 석진호가 순간 고개를 갸웃거렸다.

수많은 동굴 중 이상하게 하나가 자꾸 눈에 밟혀서였다.

'이건 인간의 손을 탄 것 같은데?'

묘하게 거슬리는 동굴을 살펴보던 석진호가 미간을 좁혔다.

일단 사람이 딱 들어갈 정도의 크기도 크기지만 인위적으로 손을 본 듯한 느낌이 곳곳에서 느껴져서였다.

물론 그 차이는 아주 미세했지만 남다른 안목을 가진 석진호는 단박에 알아봤다.

'시간이 없는 것도 아니니 들어가 볼까.'

거대 뱀과 격전을 치르긴 했으나 아직 호흡도 여유가 있었다. 그렇기에 석진호는 망설이지 않고 해저 동굴로 들어갔다.

해저 동굴 속은 칠흑처럼 어두웠지만 육안에 공력을 집중하면 못 살펴볼 정도는 아니었다.

그렇기에 석진호는 주변을 찬찬히 살피며 더욱더 깊숙이 안으로 들어갔다.

'역시 사람의 손을 탔어.'

구불구불한 해저 동굴을 가로지르며 석진호가 눈을 빛냈다. 마치 일부러 만든 것처럼 일정한 크기가 계속해서 이어지자 확신이 들었던 것이다.

'빛이다.'

반 각 정도를 더 나아갔을까.

어둠 속에서 빛이 보였다.

마치 달빛처럼 은은한 빛이 멀리서 보이는 모습에 석진호는 더욱 속도를 내며 나아갔다.

푸핫!

이윽고 석진호의 신형이 수면 위로 솟구쳤다.

동시에 텁텁한 공기가 폐부를 가득 채웠다.

"바닷속에 이런 곳이 있다니."

물 밖으로 나온 석진호가 발목에 연결된 줄을 풀어 놓으며 신기한 표정으로 주변을 두리번거렸다.

설마하니 바닷속 해저 동굴에 호흡이 가능한 공간이 있을 줄은 몰라서였다.

물론 공기가 그리 맑지는 않았지만 호흡하는 데 지장을 주는 정도는 아니었다.

게다가 공동이라고 해도 될 정도로 공간이 상당히 넓었다.

"야명주도 박아 놓고."

석진호의 시선이 천장으로 향했다.

물속에서 봤던 빛의 주인공은 야명주였는데 넓은 공동을 은은하게 비출 정도로 크기가 상당히 컸다.

거의 장정 얼굴만 한 크기였는데 밖에 가지고 나간다면 상당히 비싸게 팔 수 있을 터였다.

하지만 그런 야명주에 석진호는 크게 관심을 두지 않았다.

"저것보다 더 중요한 게 저 석실 안에 있겠지."

야명주를 일별한 석진호의 시선이 안쪽에 단단히 자리 잡은 석문으로 향했다.

딱 봐도 저기에 무언가 있을 게 분명했기에 석진호는 석문을 향해 성큼성큼 걸어갔다.

그그궁.

혹시나 있을지 모를 기관에 대비하며 석문에 다가간 석진호는 호신강기를 일으킨 상태로 천천히 석문을 열었다.

유비무환이라는 말처럼 대비해서 나쁠 것은 없어서였다.

무인환생

하지만 여기까지 찾아올 거라는 생각을 못 한 건지, 아니면 만들 수가 없었던 건지 기관진식은 없었다.

대신 퀴퀴한 냄새가 코를 찔렀는데 그 불쾌함은 석실 내부를 보는 순간 감쪽같이 사라졌다.

"이야."

가장 먼저 석진호의 눈에 들어온 것은 온갖 휘황찬란한 무구들이었다.

그것도 하나같이 범상치 않은 기운을 풍기는 무구들의 모습에 석진호가 눈을 빛냈다.

다음으로 발견한 것은 습기가 들어가지 않게 하나씩 잘 밀봉되어 있는 책장이었는데 그 숫자가 상당했다.

거의 벽면 한쪽을 가득 채울 정도로 잘 정리되어 있는 모습에 석진호는 자기도 모르게 걸어갔다.

"어? 너는?"

어쩔 수 없는 무인이라는 듯이 무언가에 홀린 듯 걸어가던 석진호가 순간 깜짝 놀란 표정을 지었다.

거치대에 가려져 있던 시체 하나를 발견했는데 문제는 그 시체의 주인을 그가 알고 있다는 점이었다.

"어느 날 갑자기 사라지더니, 여기에서 죽었구만."

가부좌를 틀고서 죽은 시체를 향해 다가가며 석진호가 실소를 흘렸다.

강호에서 갑자기 사라져서 다들 의아하다고 여겼는데 역

시나 예상했던 대로 비밀 창고에서 최후를 맞이한 모양이었다.

"고금삼대신투(古今三大神偸)라 불리던 무영의 비밀 창고라."

오백 년 전 천하에 신투로 이름을 드날렸던 이가 바로 무영이었다.

이름조차 알려지지 않은 도둑이 바로 무영이었는데 석진호는 그와 약간의 인연이 있어 얼굴을 알고 있었다.

물론 그때의 얼굴을 진짜 얼굴이라고는 생각하지 않았었는데 지금 보니 알 수 있었다. 그때 당시 봤던 얼굴이 무영의 진짜 얼굴이라는 사실을 말이다.

"자신감인가. 인피면구를 쓰지 않아도 잡히지 않을 자신이 있다는."

석진호의 기억에 남아 있는 무영은 괴짜이기는 했어도 악인은 아니었다.

다만 욕심이 많아서 그렇지.

그리고 그는 신투로 이름을 날렸지만 본래 꿈은 천하제일인이었다.

"그래서 이렇게 모아 놓은 건가."

신병이기라 할 만한 것들은 없었지만 그래도 명검이라 할 수 있는 것들은 상당히 많았다. 개중에는 신병이기와 비교해도 크게 뒤떨어지지 않는 무구들도 있었고.

하지만 석진호의 시선을 끄는 건 역시나 책장이었다.

武人還生
무인환생

천하제일인을 꿈꾸었던 무영인 만큼 모아 놓은 무공서 역시 범상치 않을 게 분명해서였다.

"허어, 이 녀석 봐라."

책장에서 한 권을 꺼낸 석진호가 헛웃음을 흘렸다.

왜냐하면 제목이 창궁무애검법이었기 때문이다.

"여기서 죽은 게 아니라 강호에 나올 수가 없었겠구만."

제왕검형을 제외하면 남궁세가에서 가장 뛰어난 검공이라고 할 수 있는 게 바로 창궁무애검법이었다.

그러니 여기에 처박혀 있을 수밖에 없었을 터였다.

"진짜네."

창궁무애검법을 본 적은 없지만 석진호 정도의 경지면 진품과 가품 정도는 충분히 구분할 수 있었다.

때문에 석진호는 기가 찼다.

아무리 무공에 욕심이 나도 그렇지 남궁세가를 털 줄은 몰라서였다. 동시에 남궁세가가 왜 그렇게 무영신투를 찾아다녔는지도 뒤늦게 이해했다.

"창궁무애검이면 두 눈에 불을 켜고 찾아다닐 만하지."

집요할 정도로 끈질기게 무영신투를 쫓던 이유를 이제야 깨달은 석진호는 창궁무애검법을 제자리에 꽂고는 다른 책들을 살펴봤다.

그런데 창궁무애검법은 시작에 불과했다.

소림사의 나한기공(羅漢氣功), 무당파의 칠성권(七星拳), 곤륜파의 낙안권(落雁拳), 공동파의 추수장(抽髓掌) 등등 구대문파의 절학들도 사본으로 만들어져 있는 모습에 석진호는 기가 찼다.

이 정도면 무림공적으로 몰려도 할 말이 없어서였다.

"아니, 막판에 무림공적으로 몰렸었나? 하도 오래전 일이라 기억이 가물가물하네."

애초에 석진호의 성격 자체가 남에게 딱히 관심을 가지지 않는 편이었다.

지금이야 주변도 좀 챙겼지만 예전에는 그도 무영신투와 다르지 않았다.

오직 천하제일인 이 다섯 글자에만 미쳐 있었기에 주변 사람들에 대해서는 딱히 기억나는 게 없었다.

"뭐, 중요한 건 지금 내게 도움이 된다는 거지."

구대문파의 장문인만 익힐 수 있는 무공들은 없었지만 그렇다고 해서 수준이 떨어지는 것은 아니었다.

그렇기에 충분히 석진호에게도 도움이 되었다.

제법 오랫동안 무공 비급들을 살펴보던 석진호는 이내 다시 석실을 돌아다녔다.

그러다가 한쪽 구석에 특별하게 보관되어 있는 물건들을 보고는 두 눈을 부릅떴다.

"허!"

무공 비급을 보고도 크게 놀라지 않던 석진호가 삼중, 사중으로 보관되어 있던 작은 목궤를 열자마자 경악했다.

武人還生
무인환생

머릿속을 맑게 만들어 주는 청아한 향기와 함께 모습을 드러낸 물건은 여기에 있을 거라고는 상상조차 하지 못했던 것이었기에 석진호는 믿을 수 없다는 표정으로 헛웃음을 흘렸다.

"대환단이 여기에 있을 줄이야. 이거 지금 소림사에도 몇 개 없을 텐데."

제조 방법은 남아 있지만 워낙에 들어가는 재료가 희귀하기에 일 년에 하나도 만들지 못하는 게 대환단이었다.

한데 그런 대환단이 여기에 있자 석진호는 어처구니없다는 표정을 지었다.

그러나 대환단은 시작일 뿐이었다.

소환단은 물론이고 무당파의 태청단, 소청단, 이제는 소실된 화산파의 설매단까지 있는 모습에 석진호는 입을 쩍 벌렸다.

"이 정도면 빼도 박도 못하는 무림공적인데."

배짱이 두둑한 수준을 넘어 미쳤다고 해도 과언이 아닌 수준에 석진호는 이내 고개를 저었다.

이 정도면 미치광이라고 해도 과언이 아니었다.

"하지만 나한테는 엄청난 선물이지."

석진호가 씨익 웃었다.

결과적으로 모든 이득은 그가 챙기게 되었기 때문이다.

특히나 이런 유의 영단이 좋은 점은 복용하는 이의 체질을 크게 따지지 않는다는 점이었다.

만년화리의 내단이나 만년설삼 같은 영약들은 극양이나 극음으로 기운이 한쪽으로 치우쳐 있었다.

그러나 이런 영단들은 균형이 잘 맞춰져 있기에 누구나 복용할 수 있었다.

"대신 효율의 개인차가 큰 편이지만 그건 누가 도와주냐에 따라 다르니까."

내용물을 확인한 석진호는 다시 영단들을 확실하게 밀봉했다.

진기까지 이용해서 습기를 모조리 날린 다음에 완벽하게 밀봉한 석진호는 처음부터 시선을 끌었던 옥병을 들어 뚜껑을 아주 살짝 열었다.

"역시 공청석유구나."

맑고 청아한, 그러면서 약초 특유의 향기를 가진 영약과 달리 공청석유는 압축되고 또 압축된 느낌의 내음을 가지고 있었다.

마치 세월이 농축되어 있는 듯한 느낌이라고나 할까.

그래서 맡는 순간 즉시 알 수 있었다.

이건 공청석유라고 말이다.

"나도 공청석유는 처음인데, 구전으로 전해지는 그대로네."

상상 속에 존재하는 영약 중 하나가 바로 공청석유였다.

武人還生
무인환생

그 정도로 희귀한 영약 중에서도 가장 보기 드문 영약이
공청석유였다.

그게 손바닥만 한 병을 가득 채우고 있는 모습에 석진호는
반사적으로 시체가 되어 있는 무영신투를 쳐다봤다.

"어쩐지 멀쩡하다 했다."

자그마치 오백 년 전의 인물이 무영신투였다.

하물며 이곳은 습기가 가득한 해저 동굴 속이었고.

석실로 습기를 어느 정도 차단했다고 하지만 그래도 흘러
간 세월이 무려 오백 년이었다.

그런데도 멀쩡했던 이유를 석진호는 알 수 있었다.

"환골탈태로 천상의 무골(武骨)을 만들고 구파일방과 오대
세가의 절학을 익힌다 해도 본래 가지고 있던 무재만큼은 어
쩔 수가 없지. 그건 오로지 재능과 하늘의 영역이니까. 환골
탈태를 한다고 해도 수명이 무한히 연장되는 것은 아니니."

환골탈태가 만능은 아니었다.

더욱이 타고난 재능의 한계는 웬만한 노력으로는 뛰어넘
기가 힘들었다.

만약 석진호와 같은 사부가 있었다면 얘기가 달라지겠지
만 안타깝게도 무영신투는 혼자였다.

모든 시행착오를 홀로 겪으며 개척해 나가야 했던 만큼 시
간이 배로 들 수밖에 없었을 터였다.

그러다가 끝내 절망하며 죽어 갔을 테고.

내공이야 누구보다 많았겠지만 단순히 공력만 많아서는 절대 고수가 될 수 없었다.

"하나 마지막까지 포기하지 않은 도전 정신만은 존경을 받을 만하지."

이렇게까지 준비했다면 노력 부분에서는 석진호도 할 말이 없었다.

그 정도로 무영신투는 자신이 할 수 있는 건 뭐든지 다 했다. 다만 안타까운 건 그러한 노력에도 불구하고 끝내 한계를 넘지 못했다는 점이었다.

스윽.

그런 그를 향해 석진호는 조용히 고개를 숙였다.

한 많은 삶을 살다 간 무영신투를 향해 묵념했던 것이다.

그리고 그 묵념에는 고마운 마음도 담겨 있었다.

어찌 됐든 그의 유산은 이제 자신이 챙기게 되었으니까.

"생각지도 못한 기연이지만, 그렇다고 구경만 할 수는 없으니까. 아직 공동파 문제도 남아 있고."

당분간은 조용하겠지만 석진호는 구대문파의 속성을 잘 알고 있었다.

아니, 기득권층의 옹졸함을 누구보다 잘 알고 있었기에 대비해서 나쁠 것은 없었다.

물론 비밀리에 올 수도 있고, 온다고 해도 감당할 자신이 없는 건 아니지만 그래도 이런 기연을 얻었는데 그냥 지나가

武人還生
무인환생

는 것도 예의가 아니었다.

"공청석유라면 절망의 벽은 가뿐히 넘을 테고, 전생의 구할 가까이의 무경을 회복하겠는데?"

석진호가 눈을 빛냈다.

무영신투의 은거지 덕분에 생각보다 훨씬 빠르게 전생의 무력을 회복할 것 같아서였다.

그리고 지금 구 할을 회복한다면 전생 이상의 경지도 가능했다.

'이번에는 생사경에 닿을 수 있으려나.'

죽기 전 끝끝내 그에게 단 한 발자국도 허락하지 않은 경지가 생사경이었다.

또한 고대에서 지금까지 생사경에 오른 무인은 공식적으로 단둘뿐이었다.

그렇기에 석진호는 이 몸을 얻게 된 후 처음으로 호승심이 일었다.

'가능성만 있다고 생각했는데 지금 이 시점에 공청석유라면……'

더구나 이곳에는 영약만 있는 게 아니었다.

구파일방과 오대세가의 절학들도 있기에 석진호는 눈을 빛냈다.

제34장 난 소소하게 하고 싶었는데

"저, 저게 뭐야?"

"허!"

어업을 마치고 부둣가로 돌아오던 어부들의 두 눈이 휘둥그레졌다.

쪽배가 끌고 오는 거대한 물뱀의 모습에 하나같이 대경한 것이었다.

그러면서도 그들은 호기심 어린 눈으로 석진호가 끌고 오는 거대 뱀을 주시했다.

"영물일까?"

"바다에서 저런 녀석을 잡았다고? 예끼! 말도 안 되지. 저 정도 크기면 웬만한 배는 그냥 뒤집어질 텐데. 운 좋게 사체를 얻은 거겠지. 쪽배로 저런 녀석을 무슨 수로 잡아?"

"무인이잖아. 그것도 천하에서 손꼽히는 후기지수라는데 불가능할 건 뭐야?"

"영물은 아니고 덩치만 큰 녀석 아냐? 방 노인이 젊을 적에 저만한 크기의 물뱀을 운 좋게 그물로 잡았다고 하는데. 영물이었다면 그물 정도는 가볍게 찢어 버리고 도망쳤겠지. 아마 저것도 비슷한 녀석일 것 같은데?"

배에 타고 있던 어부들이 갑론을박을 펼쳤다.

내 말이 맞니, 네 말이 틀렸니 시끄럽게 떠들었던 것이다.

하지만 그러면서 그들은 연신 석진호가 끌고 가는 거대 물뱀을 힐끗거렸다.

푸욱!

이윽고 쪽배가 해변에 닿았고, 석진호는 아무렇지 않게 축 늘어져 있는 거대 뱀을 끌고서 이동했다.

그 모습에 어부들이 다시 한번 멍한 표정을 지었다.

석진호가 강호에서 촉망받는 무인이라는 것은 알았지만 저렇게 큰 물뱀을 아무렇지 않게 끌고 가자 새삼 자신들과는 다르다는 걸 깨달았던 것이다.

"저런 인물이니 초대하 같은 것도 구해 오는 것이겠지."

"진짜 잡을 수만 있으면 떼돈을 벌 텐데……."

"실없는 소리 그만해. 우리 그릇으로 잡을 수 있는 녀석이 아니란 거 다들 알잖아. 누구나 잡을 수 있었으면 진즉에 황

武人還生
무인환생

화현에 초대하가 쫙 깔렸겠지."

하나같이 씁쓸한 표정을 지으며 어부들이 잠시 멈추었던 일을 이어 가기 시작했다.

아쉽지만 살다 보면 포기해야 하는 것도 있는 법이었다.

당장 오늘 조업만 하더라도 마음먹은 대로, 뜻대로 안되었으니까.

냐아아웅!

한편 거대 뱀을 질질 끌어 승천무관에 도착하기 무섭게 흑휘가 달려 나와 반겨 주었다.

거대한 물뱀의 냄새를 맡고는 귀신같이 달려 나온 것이었다.

석진호의 다리에 머리를 비빈 후 흑휘는 호기심이 가득 서린 눈으로 물뱀 위에 올라탔다.

입맛을 연신 다시면서 말이다.

"이, 이게 뭐예요?"

"뭐긴 뭐야, 뱀이지. 오늘은 조개 대신 이 녀석을 잡아 왔다."

"역시 바다는 미지의 영역인가 봅니다. 이런 녀석이 잡힐 줄이야."

수련생들을 훈련시키던 정마룡이 입을 쩍 벌리며 말했다.

얼마나 입을 크게 벌렸는지 턱이 빠지지 않을까 싶을 정도였다.

그리고 그건 앞마당에서 훈련하던 수련생들도 마찬가지였다.

생전 처음 보는 거대 물뱀의 모습에 다들 우르르 몰려와 구경하기 바빴다.

"꼭 바다에만 있는 거 아니다. 산속에도 이만한 녀석들은 있어. 보기 드물어서 그렇지."

"하긴. 영물은 실존하니까요. 그럼 혹시 이 녀석도?"

정마룡뿐만 아니라 수련생들 전부가 눈을 빛냈다.

이만한 크기라면 자연스레 영물이 떠올라서였다.

그리고 영물에는 반드시라고 할 정도로 내단이 있었기에 다들 눈을 반짝였다.

"영물은 아니야. 물짐승과 영물의 경계에 있는 녀석이라고나 할까. 그래도 반쯤은 영물이라 맛은 있을 거야. 잘 구워 먹는다는 전제하에."

서걱.

석진호의 말이 끝나기 무섭게 흑휘가 발톱으로 물뱀의 배를 갈랐다.

본능적으로 심장이 있는 부위를 발톱으로 찢어 버렸던 것이다.

그런데 흑휘의 발톱에 은은한 기운이 서려 있는 모습에 정마룡은 물론이고 탁윤도 입을 쩍 벌렸다.

"저, 저, 저!"

무인환생

"뭘 놀라. 저 정도 가지고."

"하긴. 흑휘는 평범한 고양이가 아니죠."

대수롭지 않아 하는 석진호의 반응에 정마룡도 이내 침착함을 되찾았다.

그러면서 흑휘가 하는 행동을 유심히 쳐다봤다.

"없다니까. 내가 다 확인해 봤지. 근데 먹어서 나쁠 건 없을 거야."

냐옹.

발톱으로 장난치듯 뱀의 심장을 헤집던 흑휘가 두 귀를 축 늘어뜨렸다.

그래도 혹시나 하는 심정으로 심장은 물론이고 주변을 싹 다 뒤져 봤지만 내단으로 보이는 것은 없었다.

좁쌀만 한 것도 없는 모습에 흑휘는 시무룩한 표정을 짓다가 이내 피를 몇 번 할짝대고는 이내 관심 없다는 듯이 석진호에게 다가왔다.

"근데 이건 어떻게 잡으신 거예요? 검기로도 잘 안 베일 것 같은데. 게다가 상처로 보이는 것도 꼬리에 있는 게 전부이던데."

"침투경으로. 이런 녀석은 내가중수법이 즉효거든. 외피를 상대해서는 답이 없지."

"우와."

"가죽으로 옷을 만들면 나름 쓸 만할 거야. 그 전에 손질부터 해야겠지만. 어쨌든 오늘 저녁은 뱀 고기다."

반은 영물인 거대 물뱀을 먹는다는 말에 수련생들이 눈을 빛냈다.

그래도 반쯤은 영물이니 먹어서 나쁠 것은 없다고 생각해서였다.

게다가 이만한 크기의 물뱀을 먹어 보는 것도 특별한 경험일 게 분명했기에 다들 한 손 거들겠다는 듯이 다가왔다.

"이게 다 뭐래요?"

"보시는 대로입니다."

"흑휘가 뭐에 홀린 것처럼 달려 나가기에 뭔가 일이 벌어졌을 거라고 생각은 했지만……."

소하정, 당아린, 채소강, 채소설 남매와 함께 앞마당으로 나온 당하린이 헛웃음을 흘렸다.

상상조차 하지 못한 일이 벌어져 있자 실소가 절로 흘러나왔던 것이다.

하지만 다른 사람들에 비하면 양반이었다.

소하정과 채소강, 채소설 남매는 마치 신화 속의 동물이라도 본 것처럼 경악한 얼굴로 연신 거대 물뱀의 곳곳을 살폈다.

"이게 다 뭐다냐."

"바, 바다는 위험한 곳인 거 같아요. 이런 짐승이 다 있다니."

"만약 뱃놀이 갔을 때 이런 녀석이 나왔다면……,"

세 사람이 서로를 바라보며 해쓱한 표정을 지었다.

상상만 해도 두 다리가 덜덜 떨렸다.

반면에 당아린은 당찬 성격답게 거대 물뱀의 이빨부터 살폈다.

사천당가 출신답게 독이 있는지부터 확인했던 것이다.

"에이, 독은 없네. 덩치가 커서 없을 거라고 생각하기는 했지만."

"그래도 조합해 보면 쓸 만한 독이 나오지 않을까? 합성독 쪽으로."

"그런 방향으로 연구해 볼 만한 가치는 있지. 해독제도 같이 만들어야 하니까 머리는 아프겠지만. 근데 확실히 재미있기는 하겠네."

처음 보는 학구열 넘치는 모습에 석진호가 의외라는 표정을 지었다.

저런 면모가 있을 줄은 몰라서였다.

그리고 그 옆에는 자연스럽게 당하린이 서 있었다.

"저희가 연구해도 될까요?"

"물론입니다. 그러려고 멀쩡히 데려온 것이니까요."

석진호의 허락에 당하린이 눈을 빛냈다.

모처럼 재미있는 연구를 할 수 있을 것 같자 얼굴 가득 기대감을 드러냈던 것이다.

그리고 그건 석진호에게도 이득이면 이득이었지 손해는 아니었다.

석진호가 할 수 있는 건 기껏 해 봐야 이빨과 가죽을 활용하는 게 전부니까.

"감사합니다. 반드시 기대에 부응할게요. 그런데 바다에 들어갔다가 나오셔서 그런가요? 피부가 더 좋아지신 거 같아요."

"수분 때문에 그럴 겁니다."

우아하게 허리를 숙여 감사함을 전했던 당하린이 석진호를 빤히 쳐다봤다.

이상하게 오늘따라 피부가 더 좋아 보이는 것 같아서였다.

"그런 것치고는 너무 달라진 것 같은데요."

"언니, 이리 와 봐! 상하기 전에 내장부터 챙겨야 해!"

"알았어, 지금 가."

하지만 그녀의 관심은 길게 이어지지 못했다.

당아린의 독촉에 그녀는 흑휘가 찢어 놓은 곳으로 이동할 수밖에 없었다.

그런데 그때 정마룡이 다급하게 석진호를 불렀다.

"과, 관주님?"

"왜 그래?"

"이 녀석들 물뱀의 피를 미친 듯이 들이켜는데 괜찮을까요?"

武人還生
무인환생

당황한 기색이 가득한 정마룡의 목소리에 석진호의 시선이 상처 부위로 향했다.

그러자 정마룡의 말마따나 코를 박고 흡입하듯 물뱀의 피를 빨아 젖히는 세 마리의 새끼 늑대가 보였다.

그 옆에는 정마룡과 마찬가지로 이러지도 저러지도 못한 채 발만 동동 구르고 있는 탁윤이 있었다.

석진호와 시선이 마주치자 탁윤이 어떻게 해야 할지 모르겠다는 표정을 지었다.

벌컥벌컥!

두 사람의 걱정을 아는지 모르는지 새끼 늑대 삼 형제는 정신 줄을 놓고 피를 흡입하는 중이었다.

그래서 그런지 배가 통통하니 볼록 튀어나와 있었다.

"크게 탈이 날 것 같지는 않은데, 나도 잘은 모르겠다. 이런 경우는 처음이라. 근데 과식은 좋지 않은 법이지."

파앙!

석진호의 말이 끝나기 무섭게 다리 옆에 떡하니 한자리를 차지하고 앉아 있던 흑휘가 바람처럼 날아갔다.

그러더니 정신 못 차리고 물뱀의 피를 빨아 먹는 새끼 늑대 삼 형제의 머리통을 날려 버렸다.

케엥! 켕!

갑자기 날아온 흑휘의 앞발에, 코를 박고서 피를 빨아 먹던 새끼 늑대 삼 형제가 발랑 뒤집어졌다.

뒤늦게 정신을 차린 눈동자로 말이다.

"데리고 가."

냥!

식욕보다는 생존욕이 더 강한 모양인지, 흑휘의 도도한 눈빛에 새끼 늑대 삼 형제는 언제 거대 물뱀에 달려들었냐는 듯이 배를 땅에 대고 엎드리며 절대복종의 자세를 취했다.

그런 새끼 늑대들의 모습에 흑휘는 만족스럽다는 듯이 고개를 한차례 끄덕이고는 앞장서서 걸어갔다.

그 뒤로 새끼 늑대 삼 형제가 얌전히 따랐다.

"키하! 역시 우리 흑휘라니까!"

"확실히 승천무관 동물들의 대장은 흑휘인 거 같아요."

"묘하게 관주님이랑 분위기도 비슷하고."

"저만 그렇게 생각한 게 아닌 모양이네요."

두 사람이 서로를 쳐다보더니 히죽 웃었다.

묘한 동질감을 느껴서였다.

"뭐 해? 안 돕고! 날씨가 서늘해지기는 했지만 서둘러서 보관해야 해!"

"옙! 지금 갑니다!"

"저도요!"

석진호의 일갈에 두 사람이 황급히 해체를 거들기 시작했다.

그리고 수련생들도 모조리 달려들어 해체 작업에 들어갔

武人還生
무인환생

다.

휘이이잉.

구름 한 점 없는 밤하늘을 만월이 외롭게 지키고 있는 시각.

석진호는 조심스럽게 창문을 열었다.

"다들 잘 자는 모양이군."

일절 기척이 없는 바깥을 확인한 석진호가 싱긋 웃었다.

거대 물뱀 고기로 포식을 해서 그런지 다들 잘 자는 듯해서였다.

새끼 늑대 삼 형제도 저마다 개성 넘치는 자세로 드러누워 자고 있는 모습에 석진호는 실소를 흘리고는 창문 밖으로 몸을 날렸다.

휘이익!

그리고 그런 석진호의 뒤로 흑휘가 따랐다.

모두가 잠들었음에도 흑휘만은 석진호의 곁을 지켰던 것이다.

그런데 야공을 가를 때 흑휘의 시선이 찰나지만 나자빠져 있는 새끼 늑대들에게로 향했다.

흠칫!

본능적으로 흑휘의 시선을 느낀 모양인지 첫째인 청랑이가 퍼뜩 놀라며 고개를 들었다.

하지만 주변을 몇 번 두리번거리고는 다시 잠에 빠져들었다.

"너무 몰아붙이지 마. 아직 새끼들인데."

고로롱.

전각 외벽을 자연스럽게 걸어 올라가며 석진호가 어깨에 매달린 흑휘의 미간을 긁었다.

그러자 흑휘가 기분 좋다는 듯이 그르렁거렸다.

달칵.

이윽고 목표했던 곳에 도착한 석진호가 조심스럽게 창문을 열어 안쪽을 살폈다.

기감으로 이미 파악하고 있었지만 다시 한번 소하정의 상태를 확인한 석진호가 조심스럽게 방 안으로 들어갔다.

'다 유모를 위한 거니까 이번 한 번만 용서해 줘.'

안다고 해도 소하정의 성격상 이해해 주겠지만 그래도 석진호는 마음속으로 그녀에게 사과하며 조심스럽게 다가갔다.

이윽고 침상 앞에 도착한 석진호는 품에 고이 보관하고 있던 옥병을 꺼냈다.

바로 해저 동굴에서 가져온 공청석유가 담겨 있는 그 옥병이었다.

쿵쿵!

옥병을 열기 무섭게 흑휘가 두 눈을 크게 떴다.

눈알이 빠져나오지 않을까 싶을 정도로 부릅떴던 것이다.

그러면서 정신없이 꼬리를 돌리기 시작했다.

하지만 석진호의 시선은 시종일관 소하정에게만 향해 있었다.

뚝.

소하정의 입으로 공청석유가 들어갔다.

그런데 그 양이 극히 적었다.

개미 눈곱만큼이란 말이 떠오를 적도로 극히 미량이 잠꼬대를 하는 소하정의 혀에 닿았다.

"응?"

잠결임에도 공청석유의 맛을 느낀 모양인지 소하정이 입맛을 쩝쩝 다셨다.

하지만 잠에서 깨어나지는 않았다.

그 모습에 석진호가 피식 웃고는 수혈을 짚은 후 추궁과혈을 시작했다.

아주 적은 양이었지만 공청석유에 농축되어 있는 기운은 천하에서 가장 순수하며 오랫동안 압축된 것이었다.

그렇기에 석진호는 그 기운이 잘 퍼지도록, 또한 소하정의 몸에 무리가 가지 않도록 도와주었다.

"내일 아침에 몸에서 나는 냄새 때문에 경기를 일으키겠는데."

극히 미량을 흡수했을 뿐인데도 벌써부터 몸에서 열과 함께 묘한 냄새가 흘러나왔다.

석진호의 도움으로 공청석유를 흡수한 소하정의 육신이 노폐물을 서서히 배출하기 시작했던 것이다.

하지만 그럼에도 석진호는 추궁과혈을 멈추지 않았다.

이 정도 냄새는 그에게 있어 악취 축에도 끼지 않았다.

"오래오래 행복하게, 아프지 말고 살자. 앞으로 더욱 호강시켜 줄 테니까."

기분 좋은 꿈을 꾸는 모양인지 입가에 부드러운 미소를 머금는 소하정의 머리를 한차례 쓰다듬으며 석진호가 추궁과혈을 마무리 지은 후 자신의 방으로 돌아왔다.

그런데 방에 돌아오기 무섭게 흑휘가 애타는 눈빛으로 석진호를 올려다봤다.

냐옹. 냐아아옹!

무언가 원하는 것이 있는 모양인지 흑휘는 앞발로 석진호의 다리를 긁거나 어깨 위로 올라와 볼을 핥았다.

그러면서 쉬지 않고 간절히 울었다.

온갖 애교와 아양을 떠는 모습에 석진호는 마치 다 안다는 듯한 미소를 머금었다.

"이게 먹고 싶어서 그러지?"

냐아옹!

품속에서 서서히 모습을 드러내는 옥병을 본 흑휘의 꼬리가 미친 듯이 회전했다.

바람이 불지 않을까 싶을 정도로 꼬리를 흔들며 흑휘가 쉼 없이 울었다.

"마음은 알겠는데 지금 많이 먹으면 네 몸이 못 견뎌. 백년 자패도 이제 겨우 흡수하면서."

야아옹…….

석진호의 말에 흑휘가 시무룩한 표정을 지었다.

간간이 백년자패나 백년홍패를 먹으며 태산에서 있을 때 와는 비교도 안 될 정도로 강해진 흑휘였지만 그래도 아직 공청석유를 감당할 정도는 아니었다.

욕심이 과하면 화가 된다는 걸 모르지 않았기에 흑휘는 아 쉬움이 뚝뚝 떨어지는 눈으로 공청석유가 들어 있는 옥병을 애절하게 쳐다봤다.

"그래도 한 방울 정도는 괜찮지 않을까 생각하는데. 나도 환골탈태를 한 번 더 하기도 했고."

냐옹?

풀 죽은 얼굴로 애꿎은 땅바닥만 파던 흑휘가 번개같이 고 개를 들었다.

그런 흑휘를 향해 석진호는 옥병을 살랑살랑 흔들었다.

"딱 한 방울만이야. 그 이상은 안 돼. 그리고 자꾸 영물 내 단이나 영약으로 성장하려고 하면 안 돼. 수련을 해야지. 쉽 게 쌓은 탑은 결국 쉽게 무너지는 법이야."

냐옹!

흑휘가 이 기 수련생들처럼 기합이 바짝 들어간 모습으로 대답했다.

그 귀여운 모습에 석진호는 피식 웃으며 옥병의 뚜껑을 열어 정확히 한 방울을 흑휘의 입에 떨어뜨려 주었다.

부르르르!

먹자마자 바로 반응이 오는 공청석유의 기운에 흑휘가 몸을 잔뜩 웅크린 채로 두 눈을 감았다.

백년자패 종류야 살이고 내단이고 그냥 먹으면 알아서 소화가 되었지만 공청석유는 달랐다.

그렇기에 흑휘는 두 눈을 감고서 자신의 육체 내부를 관조하며 천천히 공청석유의 기운을 흡수해 나갔다.

"이제는 살다 살다 고양이 호법도 다 해 보는구만."

단 한 방울뿐인데도 격렬하게 일어나는 기운에 석진호가 조용히 흑휘를 주시했다.

가능성은 희박하지만 그래도 만약의 사태가 일어날 수도 있기에 대비하는 것이었다.

이른 아침부터 승천무관이 소란스러웠다.

승천무관의 안살림을 도맡아 하는 소하정의 주도하에 오전부터 부엌이 시끄러웠던 것이다.

그뿐만 아니라 하정객잔에서도 쉴 새 없이 음식이 오는 중이었다.

"남으면 객잔에서 일하는 아이들에게 나눠 주면 되니까 넉넉히 만들어, 소설아. 음식은 모자란 것보다는 남는 게 나으니까."

"네!"

"근데 두 분께서는 안 도와주셔도 되는데……."

"아시잖아요, 저 요즘에 요리에 취미를 붙인 거. 게다가 다른 사람도 아니고 관주님의 생일잔치인데 당연히 제가 거들어야지요."

"그렇게 따지면 나는 거들 이유가 없는데?"

당연하다는 듯이 두 팔을 걷어붙이고 냄비 앞에 서 있는 당하린과 달리 당아린은 누가 봐도 억지로 끌려왔다는 티가 완연한 모습으로 부엌 한쪽 구석에 앉아 있었다.

그런데 재미있는 건 그러면서도 두 손은 쉴 새 없이 채소를 손질하는 중이었다.

"일하지 않는 자, 먹지도 말라는 말 몰라? 지금껏 매일 놀기만 했으니 오늘 같은 날에는 일해야지."

"목장의 가축을 가장 많이 돌보는 게 나였어!"

"돌보기는. 그냥 헬렐레하며 놀기 바빴지. 간혹 애들 밥 챙겨 준 게 다잖아. 그마저도 주기적으로 챙겨 주는 아이들은 새끼 늑대들이고."

명백한 사실로 따박따박 말하는 언니의 모습에 당아린은 투덜거리는 것을 멈췄다.

말싸움을 해 봤자 이기기 힘들다는 걸 알기에 알아서 포기한 모양새였다.

하지만 입술은 삐죽 튀어나와 있었다.

"힘드시면 들어가셔도 괜찮아요."

"아니에요. 힘들어도 오늘 하루인데요. 그리고 지금 방에 들어가면 언니가 가만 안 둘걸요."

보다 못한 소하정이 나섰지만 당아린은 고개를 저었다.

지금 들어가면 몸은 잠시 편하겠지만 대신 오늘 밤에 잠을 자지 못할 게 분명했다.

그럴 바에는 그냥 앉아서 채소나 손질하는 게 편했다.

딱히 어려운 일도 아니었고.

'묘하게 재미있단 말이지?'

동물들하고 노는 것만큼은 아니었지만 의외로 채소를 손질하는 것도 재미있었다.

적어도 독충 같은 독물을 만지는 것보다는 훨씬 생산적이었기에 당아린은 어느새 점점 속도가 붙는 모습을 보여 주었다.

"불평불만이 많아서 그렇지, 애는 착해요."

"아유, 잘 알죠. 소강이와 소설이도 보이지 않는 곳에서 챙겨 주시는 게 작은 아가씨인데요."

"그래요?"

소하정의 말에 당하린이 고개를 갸웃거렸다.

武人還生
무인환생

그런 일이 있을 줄은 몰라서였다.

"은근히 잔정이 많으세요."

"그냥 싸돌아다니는 건 아닌 모양이네요."

혹여 당아린이 들을까 작게 귓속말을 하는 소하정의 말에 당하린이 옅게 웃었다.

처음의 투덜거림과 달리 나름 승천무관에 잘 적응한 듯싶어서였다.

"힘드시면 언제라도 들어가세요. 저나 소설이는 이런 게 적응이 되었지만 두 분 아가씨들은 아니니까요."

"저희도 체력은 자신 있어요."

"그래도 사천당가의 혈손이신데……."

소하정이 말끝을 흐렸다.

하겠다고 나서서 같이 음식을 만들고는 있지만 여전히 마음속에서는 이래도 되나 싶은 생각이 계속 들었다.

귀한 집 딸내미에게 일을 시키는 것 같아서였다.

"지금은 승천무관에서 지내고 있잖아요. 당연히 저희도 거들어야지요. 안 그래?"

"응이라는 대답을 원하니 응이라고 해 줄게."

"말에 뼈가 있다?"

"응?"

당아린이 아무것도 모른다는 얼굴로, 순진무구한 표정을 지으며 반문했다.

하지만 그 대답에는 오만 가지 감정이 담겨 있었다.

"계속 양파 까. 마늘도 다지고."

"흥!"

코웃음과 함께 다시 손질을 하는 당아린을 일별한 당하린은 웃으며 소하정을 쳐다봤다.

시킬 일이 있으면 무엇이든 말만 하면 된다는 듯이 말이다.

하지만 그 친절한 모습에도 소하정은 여간 부담이 되는 게 아니었다.

"역시나 정신없네."

"도련님!"

그때 부엌 입구에서 석진호의 목소리가 들려왔다.

고개만 쏙 내밀고서 부엌 안을 살펴봤던 것이다.

"의외로 두 사람도 잘하는 것 같고."

"아직 부족한 게 많아서 직접 음식을 만들기보다는 보조하는 중이에요."

"그럴 수밖에. 요리를 해 온 시간이 다른데."

겸손하게 고개를 숙이며 대답하는 당하린의 말에 석진호가 당연하다는 듯이 말했다.

요리에 한정하자면 승천무관 제일의 고수가 소하정이었다.

그다음이 채소설이었고.

무인환생

두 객잔에서 숙수가 와도 최고의 자리는 소하정의 것이었다.

"많이 배우려고 노력 중이에요."

"무리는 하지 말고. 무공이랑 요리는 많이 다르니까. 그보다 유모."

"네, 도련님."

"쓸데없이 너무 많이 만드는 거 아냐? 나는 이렇게 크게할 생각이 없었는데. 굳이 잔치까지 할 필요 있어? 소소하게그냥 우리끼리 밥 먹으면 되지."

석진호가 여전히 이해가 안 간다는 표정을 지었다.

아무리 생각해도 일을 너무 크게 벌인 것 같아서였다.

"그래도 혹시 모르잖아요. 본가에서 사람이 올 수도 있고,석풍표국에서도 축하하러 올지도 모르잖아요."

"말을 안 했는데 알 리가 없잖아."

석진호가 실소를 흘리며 말했다.

암만 생각해도 유모가 유난을 떠는 것 같아서였다.

하지만 소하정은 단호했다.

"남으면 애들한테 나눠 주면 되죠. 저도 음식 아깝게 버릴생각은 없어요. 그리고 이런 날에는 원래 이렇게 음식 많이해서 베풀고 그러는 거예요."

"뭐, 그렇다면야."

싫어하기는커녕 오히려 신나서 요리하는 소하정의 모습에

석진호가 어깨를 으쓱거렸다.

저렇게 좋아하는데 굳이 말릴 필요는 없어서였다.

그렇다고 돈이 없는 것도 아니었기에 석진호는 알았다는 듯이 고개를 끄덕였다.

"수련생들도 많이 먹을 테니 도련님은 걱정하지 마세요."

"알았어. 필요한 거 있으면 마룡이나 윤이한테 말해."

"그럴게요."

"관주님! 관주님!"

몸을 돌리려는데 앞마당 쪽에서 다급한 목소리가 들려왔다.

이윽고 정마룡이 머리카락을 휘날리며 석진호에게 뛰어왔다.

"무슨 일인데 그렇게 뛰어와?"

"하, 하북팽가에서 사람이 왔습니다! 관주님의 생일을 축하한다고 선물을 가져왔어요."

흠칫!

하북팽가라는 말에 당하린이 몸을 움찔거렸다.

안 그래도 언제 물을까 고민하던 주제가 바로 하북팽가였다.

석가장에 도화가 직접 찾아와 한동안 머무르며 석진호와 교분을 나누었다는 사실을 알기에 당하린은 귀를 쫑긋거렸다.

무인환생

그런데 그건 마늘을 벗기던 당아린도 마찬가지였다.

"하북팽가에서?"

"예. 팽 소저께서는 현재 폐관수련 중이라 대신 사람을 보냈다고 합니다."

"그래?"

"예. 일단 접객실로 모셨습니다."

"알았다."

다른 곳도 아니고 하북팽가에서 온 손님이기에 석진호는 고개를 끄덕이며 전각으로 걸어갔다.

그리고 그 뒷모습을 쌍둥이 자매가 몰래 힐끔거렸다.

"신경 쓰이세요?"

"예? 아니에요. 무인으로서 다른 무인과 친분을 나누는 건 일상적인 일인데요. 저희도 마찬가지고요."

"너무 걱정하지 않으셔도 돼요. 아직 도련님께서는 별다른 마음이 없으신 거 같더라고요. 팽나연 아가씨는 다른 것 같지만."

이어지는 소하정의 말에 당하린이 자기도 모르게 움찔거렸다.

마지막 말이 너무나 의미심장해서였다.

하지만 당하린은 차마 그 부분에 대해서 묻지 못했다.

"어떻게 인연을 맺은 거예요?"

"저도 자세히는 모르는데 도련님이 태산에 갔을 때 만났다고 들었어요."

대신 당아린이 나섰다.

언니를 위해서라기보다는 개인적으로 궁금해서였다.

하지만 소하정도 깊은 사정을 알지는 못했다.

"무슨 일인데 그 콧대 높은 팽 언니가 직접 석가장으로 찾아갔을까. 남자를 뒤꿈치의 때만도 못하게 생각하는 위인이 그 언니인데."

"……나도 궁금하기는 하네."

"조금이 아니라 엄청 궁금한 거 아냐?"

"저희 왔습니다!"

분위기가 묘하게 흘러갈 때 하정객잔의 점소이들이 등장했다.

일손을 거들기 위해 온 것이었다.

덕분에 대화는 자연스레 마무리되었다.

✦

하북팽가주가 직접 보낸 선물을 받기 무섭게 새로운 손님들이 승천무관을 찾았다.

뒤이어 석미룡이 수족들을 이끌고서 화려하게 방문했던 것이다.

하지만 이건 시작에 불과했다.

武人還生
무인환생

석풍표국은 물론이고 황화현의 지역 유지, 거기에 나름 마을에서 유명 인사라고 할 수 있는 이들이 승천무관을 찾아왔다.

"역시 내 동생이야. 일 년 만에 황화현을 꽉 쥐었네."

"쥐기는 뭘 쥐어. 난 그저 무관 운영하고 객잔 두 개 산 거밖에 없어."

"근데 그 일이 전부 다 대박이 났잖아. 나도 초대하로 만든 요리 먹고 싶어."

누구보다 화려하게 승천무관을 찾은 석미룡이 부담스러울 정도로 두 눈을 반짝였다.

소문만 무성한 초대하 요리를 이번에 꼭 먹고 싶다는 표정이었다.

"음식이 준비되면 바로 발표하니까 때맞춰서 사 먹어."

"어머? 우리 사이에 이렇게 매정하게 나올 거야? 남도 아니고 남매인데?"

"남매 중에 뒤에 붙은 매는 언제라도 뺄 수 있다는 걸 알았으면 좋겠는데."

"설마 그걸 농담이라고 한 건 아니지?"

석미룡이 순식간에 썩은 표정을 지었다.

마치 듣지 말아야 할 말을 들었다는 듯이 말이다.

"농담 아니라 진심인데."

"그런 끔찍한 말은 하지 말고. 참, 저번에 내가 물어본 것에 대해서 생각은 해 봤어? 난 언제라도 준비되어 있는데."

"단기 속성 과정?"

"응. 네 덕분에 내 호위 부대의 수준이 꽤 높아졌거든. 내가 따로 영입한 이들도 있고. 그래서 숫자가 제법 돼. 물론 돈 역시 문제없고."

석미룡이 자신만만하게 말했다.

정기적으로 석진호가 공급해 주는 영물들 덕분에 세력을 키우는 건 물론이고 중원 상계에서의 영향력 역시 급격히 상승했기에 석미룡은 자신감 가득한 미소를 지었다.

"그리고 슬슬 석풍표국과 다시 계약서를 작성해야 할 때가 되지 않았어?"

"그건 또 어떻게 알았대?"

"나 석미룡이야. 정보 쪽은 내가 두 오빠들보다 훨씬 더 뛰어나."

석미룡이 콧대를 세웠다.

그러나 그 모습에 석진호는 반박하지 않았다.

어떤 쪽에서는 두 형들보다도 더 뛰어난 수완을 보여 주는 이가 그녀였다.

"석가장 내 승계 다툼은 내가 알 바 아니라."

"좀 관심을 주면 안 돼? 착한 누나가 장주가 될 수 있게 한 팔 거들어 주면 참 좋을 것 같은데."

"그 문제는 셋이 알아서 해. 나는 이제 외인이니까."

무인환생

"아빠나 할아버지는 그렇게 생각 안 하시는 거 같은데? 내가 슬쩍 들었는데 언젠가는 널 데려오려는 것 같더라고."

대단한 정보라도 말해 준다는 것처럼 석미룡이 머리를 슬그머니 들이밀며 은근한 목소리로 말했다.

하지만 안타깝게도 석진호는 그들의 생각에 눈곱만큼도 관심이 없었다.

"무슨 꿈을 꾸든 그건 각자의 자유지."

"이래서 내가 널 좋아한다니까. 사람이 참 일관성이 있어. 어쨌든 이번에는 나도 꼭 참여하고 싶어."

"일단은 알았어. 생각해 둘게."

"정말 장사꾼 다 되었다니까. 단 한 번도 시원스럽게 해 주겠다고 말을 안 하네."

"석풍표국 쪽 얘기도 들어 봐야 하니까."

석미룡이 매섭게 눈을 흘겼지만 석진호는 꿈쩍도 하지 않았다.

그리고 원래 경쟁은 붙여야 제맛이었다.

더욱이 급한 건 그가 아니라 석미룡이나 석풍표국이었다.

'석풍표국 쪽도 슬슬 기반은 잡아 가니까.'

이번 이 기 수련생들까지 합치면 무려 예순 명이었다.

물론 석풍표국의 규모를 생각한다면 이급, 삼급 표사 예순 명이 달라진다고 해서 전력이 크게 바뀌지는 않겠지만 중요한 것은 바람이었다.

그 예순 명이 기존의 석풍표국에 새로운 바람을 불러일으킬 것이기에 석진호는 일 년 일 년이 달라질 거라 예상했다.

승천무관에서 훈련을 받은 이들이 고작 이류, 삼류 수준에 만족할 리가 없을 테니까.

'이렇게 영향력을 넓혀 가는 것도 나쁘지 않을 것 같은데.'

지금까지의 삶은 오로지 자기 자신만을 위한 삶이었다.

문파를 일군 적은 단 한 번도 없었고, 오직 자신이 강해지는 것만 생각했다.

그렇기에 석진호는 이런 삶도 나름 나쁘지 않다고 생각했다.

공청석유를 얻어 환골탈태를 한 덕분에 이렇게 여유로워진 것도 있었지만 말이다.

"난 자신 있어. 돈이라면 나도 요즘 꽤 많이 벌었거든."

"누나가 승승장구한다는 소식은 간간이 듣고 있어. 말하기 좋아하는 분이 계셔서."

"누군지 알 거 같네. 오늘도 마주칠 거 같은데?"

석미룡이 인파로 바글거리는 앞마당을 힐끔거리며 말했다. 누구라고 콕 짚어 말하지 않아도 누구일지 예상이 가서였다.

"다만 중요한 건 나는 딱히 알고 싶지 않다는 거지."

"은거 고수 놀이는 언제까지 하려고?"

"놀이라니. 나름 열심히 살고 있는데."

무인환생

"내가 보기에는 한량처럼 지내는 것 같아서 말이지."

스윽.

놀리듯이 말한 석미룡이 뒤에 시립해 호위 무사를 향해 손짓했다.

그러자 미리 약속된 게 있는 모양인지 호위 무사 겸 수행원이 한쪽에 쌓아 두었던 상자를 가져왔다.

"선물치고는 양이 너무 많은 거 아냐?"

"자고로 비싼 물건은 작기 마련이지만 네 취향은 그런 쪽이 아니잖아. 장사도 유모 때문에 시작한 거지 돈을 벌려고 한 게 아니라는 거 나는 알거든. 그래서 난 좀 다르게 준비했어. 열어 봐."

호위 무사가 맨 위에 있던 목궤를 두 사람 사이에 있는 탁자 위에 올려놓았다.

그에 석미룡이 웃으며 눈짓했다.

"흠."

눈빛으로 실망하지 않을 거라고 확신하듯 말하는 누나를 보며 석진호는 천천히 나무 상자를 포장하고 있는 천을 풀렀다.

그러고는 느릿하게 나무 상자를 열었다.

"여기에 가져온 건 소량이야. 넉넉히 삼백 벌 정도 준비했어. 지금 보고 있는 건 네가 입을 무복이고. 그래도 무관인데 관도들이 입을 옷 정도는 있어야 하지 않겠어?"

"호오?"

석진호의 눈동자에 이채가 서렸다.

이런 선물을 준비할 줄은 꿈에도 몰랐기에 살짝 놀란 것이었다.

촤르륵!

상의와 하의는 물론이고 장포에 허리띠, 거기다 두건과 가죽신까지 모두 갖춰져 있는 모습에 석진호는 조금 감탄하며 옷을 살폈다.

딱 봐도 솜씨 좋은 장인이 만들었음을 알 수 있어서였다.

"두 번째 상자에는 마룡이와 윤이가 입을 무복이 있어. 무공 교두들이 입을 옷이지. 차이는 금실로 두었고."

"고마워."

세심하게 준비한 선물에 석진호가 진심을 담아 말했다.

이 정도로 신경을 쓸 줄은 몰랐기에 살짝 놀란 표정을 띠면서 말이다.

그런데 그 모습이 마음에 들었는지 석미룡이 싱긋 웃었다.

"준비한 보람이 있네, 그렇게 말해 주니. 근데 나는 말뿐인 감사 인사는 별로 좋아하지 않는데."

"참고할게."

"후후후!"

이제야 석미룡이 만족스러운 미소를 지었다.

그런데 그때 다급함이 느껴지는 발소리가 들려왔다.

똑똑똑!

"갑자기 찾아와서 죄송합니다. 그런데 관주님께 꼭 보고해야 할 만한 일이 생겨서요."

문 너머에서 정마룡의 목소리가 들려왔다.

그에 석미룡은 고개를 돌려 창문 밖을 쳐다봤다.

왠지 모르게 정마룡이 찾아온 이유가 앞마당에 있을 것 같아서였다.

"응?"

무엇을 본 것인지 석미룡의 두 눈이 화등잔만 하게 커졌다.

그뿐만 아니라 그녀는 자리에서 벌떡 일어났다.

사두마차 안에서 창밖을 살펴보던 석비강이 얼굴 가득 못마땅한 표정을 지었다.

시골 무관이라는 말을 듣기는 했지만 그래도 이렇게 작을 줄은 몰라서였다.

"그래도 황화현에서 잘 지낸 것 같습니다. 손님들이 꽤 많이 찾아온 것을 보면요."

"당연히 그래야지. 다른 이도 아니고 내 손자인데. 근데 너무 작아."

사람들로 바글바글한 앞마당을 쳐다보며 석비강이 눈살을 찌푸렸다.

　아무리 봐도 작다는 생각을 지울 수가 없어서였다.

　"원래 시작은 작게 하지 않습니까. 규모는 차차 키워 가면 될 일이지요. 저는 딱 적당하다고 생각합니다."

　"이렇게 기다려야 하는데도?"

　"내년에는 좀 더 나아지겠지요."

　느긋한 황검의 대답에 석비강이 헛웃음을 흘렸다.

　자기와 상관없다고 너무 신경을 안 쓰는 것 같아서였다.

　하지만 이 모습이 석비강은 나쁘지 않았다.

　하도 오랜 세월을 함께 지냈기에 이제는 주인과 호위 무사라는 느낌보다는 같이 늙어 가는 친구 같아서였다.

　"아무리 그래도 너무 무관심한 거 아닌가?"

　"짜증 낸다고 해서 달라지는 것도 없지 않습니까."

　"참, 나."

　"그보다 셋째도 온 모양인데요?"

　"응?"

　황검이 가리키는 마차를 본 석비강이 두 눈을 크게 떴다.

　그의 말대로 셋째의 표식이 달려 있는 마차가 떡하니 앞마당 한쪽에 서 있어서였다.

　동시에 그의 주변이 시끄러워졌다.

　오늘 잔치의 주인공인 석진호의 등장에 승천무관을 찾은

武人還生
무인환생

많은 사람들이 축하 인사를 건넸던 것이다.

"태상장주님."

"안녕하세요, 할아버지."

그 인파 중에는 석풍표국주와 석덕월도 있었지만 석비강이 왔다는 사실에 두 사람은 조용히 물러났다.

석비강을 맞이할 수 있도록 알아서 피해 준 것이었다.

"생일 축하한다, 진호야. 근데 연락 하나 없는 건 너무하지 않으냐?"

"일이 바빠서요."

"미안하다는 말은 절대 안 하는구나."

인사까지는 해도 사과는 절대 하지 않는 석진호의 모습에 석비강이 실소를 흘렸다.

석가장을 떠난 지 어느새 일 년이 지났음에도 여전한 것 같아서였다.

"다음부터는 노력해 보겠습니다."

"그래. 그게 어디더냐. 미룡이는 올 거였으면 나에게 말을 하지. 같이 왔으면 될걸."

"죄송해요. 제가 미처 그 부분을 생각하지 못했어요."

당당한 석진호와 달리 아직 승계 다툼을 벌이고 있는 석미룡은 공손하게 고개를 숙였다.

그러면서도 그녀는 빠르게 머리를 굴렸다.

이 상황을 어떻게 이용할지 궁리했던 것이다.

동시에 석미룡은 의문이 들었다.

'할아버지께서 이곳에 온다는 말은 못 들었는데.'

일선에서 물러난 후 웬만해서는 석가장을 나서지 않았던 게 석비강이었다.

그렇기에 석미룡은 머릿속에 떠오른 의문을 감추며 조부의 모습을 훔쳐봤다.

"다음에는 먼저 물어봐 주려무나. 먼 곳은 무리지만 황화현 정도는 얼마든지 오갈 수 있으니."

"그럴게요."

"잠깐 대화할 시간은 있지?"

"내 보도록 하겠습니다."

"허허허."

선심 쓴다는 듯이 말하는 석진호의 모습에 석비강은 물론이고 뒤에 묵묵히 서 있던 황검도 실소를 흘렸다.

그러나 누구 하나 그 부분에 대해서 지적하지 않았다.

석가장에서야 천대받던 서출이었지만 이곳에서는 아니었다.

엄연히 승천무관이라는 무관의 관주였기에 석비강은 피식 웃으며 앞장서는 석진호를 뒤따랐다.

또르륵.

아까 전 석미룡이 앉았던 자리에 석비강이 앉았다.

그러나 석비강은 석진호가 따라 주는 차에는 일절 시선을 주지 않고서 접객실을 두리번거렸다.

　"공사는 제대로 한 것 같구나. 외관과 달리 내부는 깔끔해."

　"돈을 아끼지 않았죠."

　"그건 잘했다. 쓸 때는 확실하게 써야 해. 그게 돈을 절약하는 법이다."

　"지금은 굳이 절약하지 않아도 될 정도지만요."

　석진호가 찻잔을 석비강 앞으로 내밀었다.

　그러고는 다호를 든 채로 황검을 쳐다봤다.

　수행원처럼 시립해 있었지만 석비강과 황검의 사이가 돈독하다는 걸 알기에 혹시 몰라 눈짓으로 물었던 것이다.

　"저는 괜찮습니다."

　"편히 말씀하시죠."

　"이제는 관주님이신데 예의를 차려야지요."

　"그러시다면야."

　석진호는 두 번 권하지 않았다.

　저런 이들의 성격을 잘 알았기에 석진호는 어깨를 으쓱이며 자신의 찻잔에 차를 따랐다.

　"소식은 틈틈이 듣고 있다. 장주에게도 따로 보고가 되고 있고."

　"굳이 관심을 가지지 않아도 됩니다만."

"본가를 알면서도 그런 말을 하는 게냐."

석비강이 피식 웃었다.

그 어떤 곳보다 능력제일주의가 만연한 곳이 석가장이었다.

또한 인재에 늘 목말라하는 곳이 석가장인 만큼 석진호에 대한 관심을 거둘 일은 없었다.

특히나 무공에 특출난 재능을 보이는 만큼 석가장의 관심은 계속될 터였다.

'물론 쉽지는 않아 보이지만 말이지. 흘흘흘!'

골머리를 썩을 아들을 떠올리며 석비강은 히죽 웃었다.

그 역시 태상장주이기에 석진호가 다시 석가장으로 돌아오면 좋다고 생각하지만 그래도 나서서 설득할 마음은 없었다.

이미 자신은 일선에서 물러났고, 그 몫은 현 장주인 석명일의 몫이었다.

"말리진 않겠습니다. 하지 말라고 해서 들을 것 같지도 고."

"선물이다."

스윽.

복귀에 대한 건 아들의 몫이었기에 석비강은 더 이상 거론하지 않았다.

대신 준비한 선물을 건넸다.

그런데 그가 내미는 선물은 상당히 간소했다.

서신을 담는 종이봉투를 석진호의 앞으로 내밀었던 것이다.

"돈은 아닐 것 같고. 무엇입니까?"

"열어 봐. 자고로 선물은 확인하는 재미가 있어야 하지 않겠느냐."

"흐음."

"부담스러우냐?"

석비강이 재미있다는 표정을 지었다.

마치 석진호가 무슨 생각을 하는지 다 안다는 듯한 얼굴이었다.

그 모습에 석진호는 대답 대신 앞에 놓인 종이봉투를 들어 천천히 뜯었다.

"이건?"

"맞아. 땅문서다. 무관 주변의 땅을 좀 샀다. 숙소야 객잔을 활용하니 상관없다지만 앞으로 관도들이 늘 텐데 지금 규모로는 많이 부족할 것 같아서. 뒷마당에는 작지만 목장도 있다면서? 그러니 땅이 가장 필요할 것 같아서 좀 샀다. 알아보니 크게 비싸지도 않더구나."

석비강이 별거 아니라는 듯이 말했다.

그러나 그건 석비강 기준이고 석진호에게는 아니었다.

현재 승천무관의 다섯 배는 족히 될 법한 규모의 땅문서에 석진호는 실소를 흘렸다.

그와 동시에 역시 전대 석가장주라는 생각이 들었다.

"지금 당장은 이렇게까지 넓은 땅이 필요 없습니다만."

"집이 넓어지면 짐이 많아지는 것처럼 땅이 많으면 어떻게 든 쓰기 마련이다. 그리고 땅은 쥐고 있으면 손해는 안 본다. 더구나 승천무관에는 인력이 넘쳐 나지 않느냐."

"알겠습니다. 잘 쓰겠습니다."

"그래. 그거면 됐다."

석비강이 흡족한 미소를 지었다.

내심 거절할 수도 있다고 생각했는데 다행히 그건 쓸데없 는 걱정이었던 것 같았다.

"보답이라고 하기에는 조금 그렇지만 오늘 초대하 요리가 나오니 맛보고 가세요."

"내일까지는 머물고 갈 생각이니 오늘은 크게 신경 쓰지 않아도 된다. 주인으로서 손님을 맞이하는 것보다 중요한 일 은 없으니까. 이제 나이를 먹어서 그런가 북적거리는 게 싫 기도 하고. 참, 근데 누구더냐?"

"무슨 말씀이십니까?"

"나는 하북팽가도 나쁘지 않다고 생각하지만 그래도 사천 당가가 더 낫지 않나 싶다."

"그런 사이 아닙니다."

은근한 목소리로 말하는 석비강을 향해 석진호가 단호하

무인환생

게 말했다.

자신과 당하린은 그런 사이가 아니었기 때문이다.

하지만 그 말에도 석비강은 의미심장한 미소를 머금었다.

아니, 무언가 잔뜩 기대하는 표정을 지었다.

"지금이야 그렇겠지. 하지만 남녀 일은 어떻게 될지 아무도 모르는 법이다. 그러니 너무 처음부터 밀어내지는 말았으면 좋겠구나. 아니면 둘 다 거두는 것도 나쁘지 않지. 암!"

무슨 상상을 하는 것인지 석비강이 묘한 미소를 지었다.

중간중간 석진호를 힐끔거리면서 말이다.

"기대하시는 일은 없을 겁니다."

"그럴 수도 있겠지. 하지만 나중에라도, 만약 그런 일이 벌어진다면 내 말을 떠올리면 된다. 나는 어느 쪽이든 다 좋아. 여자도 돈과 마찬가지다. 없는 것보다는 있는 게 나아. 더욱이 영웅이 호색한 건 운명 때문이기도 하고. 거절하고 싶어도 거절하기가 힘들 게야, 허허허!"

석진호가 고개를 저었다.

무슨 말을 해도 듣지 않을 것 같아서였다.

그러나 석비강이 모르는 것이 하나 있었다.

왜 저런 말을 하는지 모르지 않지만, 이미 석진호는 전생때 질리도록 경험했었다.

'천하절색의 여인을 안는 건 분명 즐거운 일이지만, 그렇다고 연연하기에는 너무 많은 여인들을 품에 안았지.'

팽나연이나 당하린, 당아린 자매는 분명 미인이었다.

특히 팽나연의 경우 괜히 도화라 불리며 천하에서 가장 아름다운 다섯 송이의 꽃 중 하나로 꼽히는 게 아니었다.

하지만 전생의 석진호는 팽나연 못지않은 미녀들은 물론이고 천하제일미라 불리던 미인들도 숱하게 만났었다.

그래서인지 사실 별다른 감흥이 없었다.

"아, 그리고 공동파에 대해서는 걱정할 거 없다. 무림의 방식으로는 상대가 안 되겠지만, 싸움이라는 게 꼭 한 가지 방법만으로 할 필요는 없으니까."

석비강의 눈빛이 일순 달라졌다.

방금 전까지만 해도 옆집 할아버지처럼 인자한 미소를 머금던 그가 지금은 살기를 번뜩였던 것이다.

다른 이도 아니고 석가장의 직계혈족을 노린 음모인 만큼 석비강은 만약 공동파가 싸움을 걸어온다면 피하지 않을 생각이었다.

"한두 명 정도는 와도 상관없습니다. 장로라 해도 결과는 달라지지 않을 테니까요."

"역시 내 핏줄답다."

"그런 의미로 말한 건 아닙니다만."

"어찌 됐든 내 손자인 건 사실이지 않으냐. 허허허!"

석진호의 패기가 마음에 든다는 듯이 석비강이 너털웃음을 터트렸다.

무인환생

그러나 방금 전의 말은 진심이었다.

손자는 괜찮다고 했지만 만약 공동파가 또다시 수작질을 벌인다면 석비강은 절대 가만히 있지 않을 생각이었다.

석가장의 모든 역량을 동원해서라도 공동파와 끝장을 볼 작정이었다.

'소림이나 무당, 화산이라면 모를까 공동파 정도면 할 만하지.'

공동파가 구대문파 중 한 곳이라고 하지만 석가장 역시 중원 상계의 반을 집어삼킨 곳이었다.

그런 만큼 공동파라는 이름에 꿀릴 건 없다고 생각했다.

❋

정오가 지났음에도 승천무관을 찾는 손님의 행렬은 끝나지 않았다.

오전만큼이나 폭발적이지는 않아도 계속해서 방문객들이 찾아왔다.

그중 누나와 총표두와 함께 승천무관을 찾은 도주윤은 왁자지껄한 앞마당의 모습에 입을 쩍 벌렸다.

"사람이 엄청 많네."

"이곳에 자리 잡은 지 일 년밖에 안 되셨다고 들었는데."

"그러니까."

각양각색의 사람들이 어울려 시끌벅적하게 잔치를 즐기는 모습에 도주윤이 당황한 표정을 지었다.

이렇게 사람이 많을 줄은 몰랐기에 어떡해야 할지 감이 잡히지 않았던 것이다.

한편 도지윤은 한눈에 봐도 귀공자들로 보이는 사내들에게 거의 파묻히다시피 한 두 여인을 발견하고는 깜짝 놀랐다. 소문으로만 듣던 사천당가의 여식임을 단번에 알아볼 수 있어서였다.

'진짜 예쁘다.'

보는 순간 귀한 집 자식이라는 느낌을 물씬 풍기는 쌍둥이 자매의 모습에 도지윤이 자기도 모르게 움츠러들었다.

자연스럽게 풍기는 귀티에 저도 모르게 주눅이 들었던 것이다.

"뭘 그렇게 유심히 봐?"

"응? 아, 아냐."

"우와, 진짜 미인들이다. 아, 혹시 사천당가의 여식들인가?"

"그런 거 같아."

"확실히 사천당가라는 이름이 대단하기는 하네. 아주 다들 달아올랐네, 달아올랐어. 어떻게든 말 한마디 섞어 보려고."

도주윤이 혀를 끌끌 찼다.

청년들은 하나같이 사람 좋은 미소를 짓고 있었지만 그의 눈에는 보였다.

어떻게든 인연을 맺고자 처절하게 발버둥치는 모습이 말이다.

그런데 그게 이해가 안 가는 것은 아니었다.

"너라고 다를 거 같아? 너도 우리 집이 예전 같았으면 저들과 같이 있었을 것 같은데."

"으음, 부정하지 못하겠네. 근데 만약 우리 집이 잘나갔다고 해도 나는 저렇게는 안 했을 것 같아. 좀 색다르고 참신한 방법을 찾지 않았을까. 그래야 깊은 인상을 줄 수 있으니."

"그나저나 관주님께 인사를 드릴 수 있을까?"

쓸데없는 일에 또 진지하게 고민하는 동생의 모습에 도지윤이 고개를 절레절레 저으며 주변을 살폈다.

하지만 워낙에 손님이 많아서 그런지 석진호의 모습은 보이지 않았다.

거기다 곳곳에 준비되어 있는 음식들에서 흘러나오는 냄새로 인해 도지윤은 머리가 멍해졌다.

안 그래도 공복이라 힘든데 맛있는 냄새가 풍기자 허기가 더욱 강렬해졌던 것이다.

"일단은 돌아다녀 봐야 하지 않을까?"

"현재로써는 그 방법밖에 없을 것 같습니다."

조용히 두 남매의 뒤를 따르던 청송표국의 총표두도 고개를 끄덕였다.

여기에 가만히 있어서는 해가 져도 석진호를 만나지 못할 것 같아서였다.

특히 그는 삼삼오오 모여 있는 석풍표국 사람들을 보며 눈을 빛냈다.

아무래도 업계 최고의 표국이 석풍표국이었기에 자연스레 시선이 갔다.

"둘 다 오랜만."

"관주님!"

두 남매가 허기를 참으며 주변을 두리번거릴 때 익숙한 목소리가 뒤쪽에서 들려왔다.

오랜만에 듣는 목소리였지만 둘 다 듣는 순간 알았기에 얼굴 가득 미소를 지으며 몸을 돌렸다.

"두 사람 다 여기까지는 어쩐 일이야? 청송표국에서 여기는 꽤나 먼 길인데."

"관주님 생일이신데 그냥 지나칠 수 있나요. 관주님께서는 은혜를 갚은 것뿐이라고 하셨지만 저희 입장은 또 그게 아니니까요. 그리고 조언을 구하고 싶은 것도 있고요."

"조언이라."

"아, 오늘은 바쁘실 테니 내일이나 모레도 괜찮습니다."

"바쁜 건 없어. 손님맞이는 다 했으니까. 그런데 이분은?"

석진호의 시선이 사십 대 후반으로 보이는 총표두에게로 향했다.

그 시선에 총표두가 정중히 포권지례를 올렸다.

"처음 뵙겠습니다. 청송표국의 방혁이라고 합니다."

"반갑습니다. 석진호입니다."

"관주님에 대해서는 두 분께 많은 이야기를 들었습니다. 늦었지만 정말 감사합니다."

"아닙니다. 저 역시 어머님께서 받은 은혜를 갚은 것뿐이니까요. 일단 자리부터 옮길까. 서서 대화를 나눌 수는 없으니. 둘 다 허기져 보이기도 하고."

"감사합니다!"

동갑이지만 마치 스승을 대하듯이 도주윤이 깍듯하게 대답했다. 그 모습에 석진호가 피식 웃으며 세 사람을 접객실로 이끌었다.

'응?'

한데 석진호를 따라가던 도지윤이 고개를 돌렸다.

왠지 모르게 따가운 시선이 느껴져서였다.

그것도 사천당가의 쌍둥이 자매가 서 있는 곳에서부터 느껴졌기에 도지윤은 반사적으로 고개를 돌려 그쪽을 쳐다봤다.

하지만 당하린이나 당아린은 그녀를 보고 있지 않았다.

'내가 잘못 느꼈나.'

고개를 갸웃거린 도지윤이 이내 훌쩍 멀어진 남동생을 향해 황급히 뛰어갔다.

그런데 그때 그녀의 등에 하나의 시선이 따라붙었다.

"신경 쓰이지?"

"아냐."

"헤에, 아니긴. 표정에 다 드러나는데. 언니도 은근히 솔직한 타입이야. 속내랑 표정이랑 완전 똑같거든."

"아니거든."

힐끔 쳐다봤는데 그걸 또 용케 본 모양인지 당아린이 밉살스럽게 웃었다.

그러면서 마치 보라는 듯이 자신과 알 수 없는 여인을 번갈아 쳐다봤다.

"누구인지 안 궁금해? 나는 궁금한데."

"방해하지 마. 중요한 손님일 수도 있는데."

"옷차림을 보니까 딱히 대단한 곳은 아닌 것 같은데."

"내가 말했지, 겉모습만 보고 판단하지 말라고."

"그래도 무시할 수 없는 게 겉모습이거든. 그나저나 엄청 달라붙네."

겨우 떨쳐 낸 남정네들을 떠올리며 당아린이 몸서리를 쳤다. 끈덕지게 달라붙었던 걸 떠올리는 것만으로도 소름이 돋았다.

특히 주제도 모르고 달려들던 이가 떠오르자 당아린은 이를 갈았다.

"넌 즐기는 거 같던데."

"나름 재미있잖아. 근데 역시 명문 세가랑은 너무 차이나."

"그럴 수밖에 없지."

"계속 신경 쓰이지?"

당아린이 마치 다 아는 듯한 표정으로 물었다.

아무렇지 않은 척해도 그녀는 다 알았다.

언니인 당하린이 얼마나 궁금해하고 있을지 말이다.

"아니라니까."

"그나저나 관주님도 대단하네. 이쪽에는 어떻게 시선 한번
안 주지?"

"너도 봤어?"

"당연하지. 언니 때문에 더 신경 써서 지켜봤지. 근데 우리
주위에 남자가 그렇게 많았는데도 아예 관심도 없더라."

방금 전까지의 놀리던 기색은 어디로 가고 당아린이 씩씩
거렸다.

생각할수록 화가 났던 것이다.

"근데 네가 왜 화를 내? 화를 내도 내가 내야지."

"자존심이 상하잖아! 이건 화를 내도 이상하지 않은 문제
야! 같은 여자로서 화가 나는 일이라고!"

"아직은 아무 사이도 아니니까 그렇지. 그리고 워낙에 정
신없기도 했고. 찾아온 사람이 한둘이야?"

"그렇게 생각하고 싶은 거야?"

"대신 화내 주는 건 고마운데, 딱 거기까지야. 이 이상은

넘지 마."

　당하린이 웃으며 말했다.

　그녀라고 서운하지 않은 건 아니었지만 말했다시피 아직 두 사람은 아무런 사이가 아니었다.

　그렇기에 당하린은 동생을 달래면서 자신도 달랬다.

제35장 절정의 벽? 어렵지 않아요

세 사람을 접객실로 데려온 석진호가 의외라는 표정을 지었다.

생각지도 못한 도주윤의 말에 살짝 놀란 것이었다.

"표국을 옮기겠다고?"

"예. 고민도 많이 하고 총표두님과도 논의해 봤는데 계속 남아 있어 봤자 달라질 것 같지 않아서요. 그럴 바에는 차라리 새로운 곳에 자리를 잡는 게 나을 것 같다는 결론을 냈습니다."

"터전을 버리고 새로운 곳에 자리를 잡는다라."

석진호가 턱을 쓰다듬었다.

확실히 현재 청송표국의 상황을 생각하면 터전을 옮기는

것도 나쁜 선택은 아니었다.

　그의 도움으로 도주윤이 절정 고수가 되었다고 하지만 그래 봤자 상급 표두나 대표두급이었다.

　더욱이 청송표국이 자리 잡고 있는 성에는 십대표국 중 두 곳이 있었기에 청송표국을 키우기는 쉽지 않을 터였다.

　"경쟁이 너무 심해서요. 다른 표국들의 견제는 많이 줄었지만 그래도 이미 자리 잡은 이들을 따라잡기는 힘들 것 같다는 판단을 내렸습니다. 그래서 생각을 달리했습니다. 경쟁이 심하다면, 덜하거나 없는 쪽으로 가 보자고요. 어차피 저희는 인원이 셋뿐이라 어디든 갈 수 있다는 장점이 있지 않습니까. 그렇게 생각하던 끝에 두 곳이 눈에 들어왔습니다."

　"변방 쪽이로군."

　"그렇습니다. 정확하게는 하북성에 인접해 있는 요녕성과 길림성을 염두에 두고 있습니다."

　"하북성?"

　석진호의 눈동자에 의문이 떠올랐다.

　요녕성이면 요녕성이고 길림성이면 길림성이지, 뜬금없이 하북성을 거론하자 이상했던 것이다.

　"알아보니 하북성에서 요녕성, 혹은 길림성으로 가는 표행이 상당히 많더라고요. 그런데 아무래도 외곽 지역이다 보니 표행을 가려는 표국이 별로 없습니다. 있다 하더라도 가격이 상당하고요. 저는 그 틈새시장을 노려 볼 생각입니다."

무인환생

"호오."

의외로 치밀하게 사전 조사를 한 듯한 말에 석진호가 살짝 감탄한 표정을 지었다. 동시에 석진호는 도주윤의 결의가 상당하다는 것도 깨달았다.

"물론 계획만입니다. 아직은 시작도 하지 못했습니다, 하하."

"그만하면 이미 시작한 것이나 다름없는 것 같은데."

"아직 준비 중입니다. 더 알아봐야 할 것도 있고요. 그래서 당분간은 황화현에 머물며 정보를 모을 생각입니다."

"그럼 시작한 것이나 마찬가지네. 아예 떠났으니."

"실례하겠습니다."

문을 두드리는 소리와 함께 소하정의 음성이 들려왔다.

이윽고 문이 열리며 향긋한 음식 냄새가 방 안을 가득 채웠다.

꿀꺽!

동시에 도주윤, 도지윤 남매가 침을 삼켰다.

안 그래도 배가 고팠는데 음식 냄새가 확 들어오자 참을 수가 없었던 것이다.

"윤이나 마룡이 시키지."

"둘 다 도련님 대신에 손님들 챙기느라 정신없어요."

"챙길 게 뭐가 있어. 객잔에서 파견 나온 아이들도 있는데."

"아는 얼굴들이 이제는 많아졌잖아요. 그래서 이곳저곳 어울리는 모양이에요."

벌떡 일어나 쟁반을 받아 드는 석진호의 모습에 소하정이 웃으며 대답하고는 세 사람을 향해 정중히 고개를 숙였다.

그러자 세 사람도 부리나케 일어나 소하정에게 인사했다.

석진호가 유모를 지극히 아끼고 챙긴다는 사실을 알았기에 예의를 다했던 것이다.

"그래도 앞으로는 둘에게 시켜. 안 그래도 오늘 잔치 준비한다고 새벽부터 일어나서 일했잖아."

"이건 일이 아니에요. 힘들지도 않고요."

"거짓말은 하지 말고."

"진짜예요. 요즘 좋은 일만 있어서, 아니면 잠을 푹 잘 자서 그런지 몸이 아주 가벼워요."

석진호가 입을 열려다가 말았다.

그게 다 공청석유 덕이라는 말을 할 수가 없어서였다.

"내 안마 덕분일 거야."

"정말 그럴지도 모르겠어요. 도련님이 안마는 진짜 기가 막히게 해 주시잖아요. 추궁과혈이랬던가? 그거와 비슷한 거 아니에요?"

"정확해. 그래서 효험이 대단한 거지. 다른 사람도 아니고 내가 직접 해 주는 거니까. 덧붙여 이제 그만 쉬어. 음식이 부족하면 내가 따로 애들한테 시킬 테니까. 아니면 덕월 아저씨랑 오랜만에 회포를 풀던지."

무인환생

"그럴까요?"

안 그래도 하루 종일 부엌에만 있던 참이었다.

모르는 얼굴들이 많았지만 아는 사람들도 그 못지않게 많았기에 소하정이 혹한 표정을 지었다.

"오늘 아니면 또 언제 보겠어. 소설이랑 같이 유모도 잔치를 즐겨."

"그럴게요. 그럼 맛있게 드세요!"

나갈 때도 세 사람에게 인사한 소하정이 조심스럽게 방문을 닫고 나갔다.

하지만 그녀가 나갔음에도 세 사람은 수저를 들지 않았다.

주인인 석진호가 수저를 들 때까지 기다린 것이다.

"들자고."

"예."

"잘 먹겠습니다."

석진호의 말에 세 사람이 각자 취향대로 손을 뻗었다.

하지만 결과는 모두 똑같았다.

세 사람 다 얼굴 가득 믿을 수 없다는 표정을 지으며 걸신이라도 들린 것처럼 초대하를 흡입했다.

나름 성대했던 생일잔치가 끝나고 승천무관은 다시 일상

으로 돌아왔다.

이 기 수련생들의 훈련을 무사히 끝내고 삼 기 수련생들을
받을 준비를 했던 것이다.

"후우! 춥다."

"막바지라 그런지 추위가 기승을 부리네요."

"오늘 온다고 했는데 언제 올지 모르겠네요."

"정오쯤에 오지 않겠어? 근데 궁금하기는 하다. 얼마나 눈
물을 많이 흘리면 통곡의 벽이라고 그럴까?"

앞마당을 쓸던 정마룡이 진심으로 궁금한 표정을 지었다.

이제는 그도 능히 일류 무사라 말해도 될 수준이었지만 그
럼에도 초일류의 경지는 아득했다.

일류 무사라고 해서 다 똑같은 수준이 아니기도 했고 말이
다.

"강기는 무림에서도 선택받은 이들만 사용할 수 있다고 하
잖아요."

"난 도기도 겨우 생성하는데, 강기를 발현하면 어떤 느낌
일까? 엄청 끝내주겠지?"

컹컹!

상상의 나래를 펼치는 정마룡의 곁으로 이제는 새끼 늑대
라고 할 수 없는 삼 형제가 다가왔다.

아니, 늑대라고 부르기 살짝 민망할 정도로 커진 삼 형제
가 놀아 달라는 듯이 꼬리를 정신없이 흔들며 두 사람의 다

리에 머리를 비볐다.

보통의 늑대라면 물고 빨고 할 텐데 흑휘의 영향인지 세 마리 다 두 사람을 보면 머리부터 비볐다.

"어후, 이 녀석들아. 이제 너희 안 작아. 덩치를 생각해야지."

몸통박치기가 아닐까 싶을 정도로 달려들어 몸을 비비는 청랑과 황랑으로 인해 정마룡이 휘청거렸다.

덩치도 덩치인데 무서운 속도로 달려드니 균형을 잡기가 쉽지 않았던 것이다.

"체감상으로는 아직도 자라는 거 같아요."

"여기서 더 자라면 안 되는데……."

"이제는 저잣거리에 데리고 다니기에는 좀 그렇죠."

"응. 애들이 겁먹으니까. 사실 나 같아도 새끼 때부터 키운 게 아니었으면 경기를 일으켰을 거야."

헥헥헥!

정마룡의 마음을 아는지 모르는지 아침부터 신난 삼 형제는 연신 놀아 달라는 듯이 주위를 배회했다.

그런데 재미있는 건 삼 형제가 이렇게 애교를 부리는 건 승천무관 사람들뿐이라는 점이었다.

몸이 커지는 것처럼 머리도 굵어졌는지 이제는 제법 사람을 구분할 줄 알았다.

"그래서 더욱 훈련을 잘 시켜야 한다고 하셨잖아요."

"애먼 사람을 공격하면 안 되니까."

"다행인 건 사람뿐만 아니라 가축도 죽이면 안 된다는 걸 안다는 거죠. 아마 그렇지 않았으면 따로 묶어 둬야 했을 거예요."

"우리에게 흑휘가 있어서 참 다행이지. 그 교육은 흑휘가 시켜 줬으니까."

움찔!

흑휘라는 말에 애교 부리듯 펄쩍펄쩍 뛰던 삼 형제가 일순 굳었다.

이름만 들었을 뿐인데도 얼어 버렸던 것이다.

그런데 그 모습조차 정마룡에게는 귀엽게 보였다.

애초에 늑대들과 흑휘는 비교할 수가 없었다.

"정작 아이들은 흑휘라는 두 글자만 나와도 벌벌 떨지만요."

"그럴 수밖에 없지. 애초에 상대가 안 되는데. 흑휘는 나도 자신 없어. 발톱으로 조기(π氣) 내뿜는 거 봤지?"

"저도 흑휘는 자신 없어요."

"그런데 이 아이들이 어떻게 이겨. 아니, 반항도 못 하지."

끼이잉. 끼잉.

거대 물뱀의 피를 먹어서 그런지, 아니면 원래부터 영특했던 것인지 삼 형제가 말귀를 알아들은 것처럼 고개를 숙였다.

무인환생

마치 정마룡의 말대로라는 듯이 말이다.

그 모습에 정마룡이 아빠 미소를 지으며 청랑이, 황랑이, 갈랑이를 차례대로 쓰다듬어 주었다.

"웅?"

정마룡의 손길에 언제 기가 죽었냐는 듯이 몸을 발라당 뒤집으며 애교를 부리는 삼 형제의 모습에 피식거리던 탁윤이 고개를 돌렸다.

멀리서 이쪽을 향해 일단의 무리가 다가오는 게 보여서였다.

"왜 그래?"

"지금 온 모양인데요?"

"벌써?"

"예. 어디인지는 아직 잘 모르겠어요."

탁윤의 말에 한쪽 무릎을 꿇고 있던 정마룡이 몸을 일으켰다.

그러고는 안력을 키우며 먼 곳을 응시했다.

"옷이 가지각색인 걸 보니 셋째 아가씨께서 보낸 사람들인 거 같은데?"

"저는 관주님께 알릴게요."

"그럼 난 저들을 맞이할게."

삼 형제도 방문객들의 냄새를 맡은 모양인지 연신 코를 킁킁거렸다.

그런 삼 형제를 이끌고서 정마룡은 정문으로 향했다.

"어디서 오셨습니까?"

"석가장에서 왔네."

"미룡 아가씨께서 보내신 분들입니까?"

"그렇다네."

다섯 명 중 가장 앞에 서 있던 장년인이 고개를 주억거렸다. 그러면서 반신반의하는 눈으로 정마룡의 어깨 너머를 살폈다.

어쩌면 이곳이 그의 인생에 있어 마지막 구명줄이 될지도 몰랐기에 장년인은 은근히 기대하는 눈빛으로 승천무관을 쳐다봤다.

"들어오시죠."

"아가씨께 듣자 하니 석풍표국에서도 표사들이 온다고 하던데."

"맞습니다. 그런데 표사들이 아니라 표두들입니다."

"표두들이라."

살짝 놀란 기색을 띠었던 장년인이 이내 고개를 주억거렸다.

자신과 같은 입장이라면 표두라고 해도 이해가 안 가는 것은 아니었다.

표국계에서 대표두가 되려면 경력도 경력이지만 가장 중요한 건 역시 실력이었다.

武人還生
무인환생

기본적으로 절정 고수는 되어야 어느 표국을 가든 대표두 자리를 차지할 수 있었기에 다들 그 목표 때문에 승천무관을 찾은 게 분명했다.

　'나라고 해서 다르지 않고 말이지.'

　정마룡을 뒤따르던 장년인이 깊은 한숨을 내쉬었다.

　통곡의 벽에 막힌 지 어언 이십 년이었다.

　젊을 적에는 나름 각광받는 후기지수였지만 지금은 무림을 떠도는 수천 명의 그저 그런 무인 중 한 명일 뿐이었다.

　그렇기에 장년인은 이번이 마지막이라고 생각했다.

　'이번에도 통곡의 벽을 넘지 못한다면, 죽을 때까지 초일류를 벗어나지 못하겠지.'

　통곡의 벽이 괜히 통곡의 벽이라 불리는 게 아니었다.

　너무나 넘기 어렵기에, 강호가 태동한 이래로 수많은 이들이 벽 앞에서 무너졌기에 통곡의 벽이라 불린 것이었다.

　그를 비롯한 나머지 네 명도 그 벽을 짧게는 몇 년, 길게는 이십 년 동안 넘지 못했기에 여기까지 찾아온 것이었고.

　"어서 오십시오. 석진호입니다."

　"처음 뵙겠습니다. 나율경입니다."

　"장원필입니다."

　"반갑습니다, 황구철입니다."

　이윽고 모습을 드러낸 석진호를 향해 나율경을 위시로 방문객들이 정중히 인사했다.

나이는 석진호가 한참이나 어렸지만 강호는 강자존의 법칙이 존재하는 세계였다.

그렇기에 다섯 명 중 그 누구도 석진호에게서 선배 대우를 받으려 하지 않았다.

막말로 석진호의 신분과 명성이면 다짜고짜 하대를 해도 이상하지 않았고, 다들 그런 대우까지 감당할 각오를 하고 왔는데 의외로 존대를 해 주자 다들 살짝 놀란 표정을 지었다.

"여기까지 오시느라 고생 많으셨습니다. 그럼 바로 시작해 볼까요."

"예?"

"쉬고 싶으신 분은 바로 숙소로 안내해 드리겠습니다."

도착하자마자 시작한다는 말에 두 명이 깜짝 놀란 표정을 지었다.

그런데 석진호는 그런 둘을 향해 묘한 표정으로 말을 이었다.

"아닙니다. 바로 시작하겠습니다."

"조금 놀란 것뿐입니다. 저도 바로 하고 싶습니다."

"알겠습니다. 그럼 바로 시작하지요. 한 분씩 나오시면 됩니다."

별다른 설명이 없었지만 다들 눈치껏 알았다.

어떤 식으로 단기 속성 과정이 이루어지는지 말이다.

그러나 이 방식은 그들에게도 나쁘지 않았다.

무인환생

절정 고수도 아니고 무려 최절정 고수를 직접 사사하는 일
대일 대련이었다.

"저부터 하겠습니다."

"장유유서라는 말도 있으니 나 형께 양보하겠습니다."

"저 역시."

"크흠!"

은근슬쩍 나이로 돌려 까는 친한 동생의 말에 나율경이 헛
기침을 했다.

하지만 사실이었기에 부정하지는 않았다.

또한 그가 가장 급한 것도 사실이었고.

아무리 지금껏 수련을 소홀히 하지 않았다고 하나 내후년
이면 그의 나이 지천명이었다.

사실 지금도 날이 갈수록 신체 능력이 하락하는 걸 느끼고
있었기에 나율경은 급했다.

'통곡의 벽이 끝이 아니지만 오래 정체된 만큼 절정지경 이
후부터는 다시 빠르게 성장할지도 모른다.'

그처럼 오랫동안 정체되어 있던 무인이 통곡의 벽을 넘고
서 무시무시한 속도로 발전한 경우가 의외로 꽤 있었다.

그렇기에 나율경은 긍정적으로 생각했다.

통곡의 벽만 넘으면 자신 역시 그렇게 성장할지도 모른다
고 말이다.

물론 전제 조건이 끊임없는 노력이겠지만 아직 그는 열정

이 남아 있었다.

"잘 부탁드립니다, 승천무관주님."

"준비되셨으면 시작할까요?"

"저는 준비되었습니다."

거의 아들뻘이나 마찬가지인 석진호였으나 그를 대하는 나율경의 태도는 공손했다.

나이를 떠나 그보다 고수였기에 무인으로서 존중을 표했던 것이다.

하지만 도를 뽑아 든 순간 나율경의 눈빛은 달라졌다.

지난 이십 년 동안 통곡의 벽 앞에서 갈고닦은 무공을 나율경은 전력으로 펼쳤다.

쌔애액!

자신보다 고수인 석진호에게 선공을 허락하는 순간 마지막까지 수세에서 벗어나지 못할 거라는 걸 너무나 잘 알았기에 나율경은 먼저 달려들었다.

선수필승이라기보다는 공격이 최선의 방어라는 말대로 나율경은 방어하기 위해 석진호를 공격했다.

이제는 애병을 넘어 반려라고 할 수 있는 낡은 철도에서 도기를 줄기줄기 내뿜으면서 말이다.

스슥!

그러나 기습과도 같은 참격을 석진호는 고작 반보 움직이는 것으로 피해 냈다.

무인환생

그뿐만 아니라 도를 회수하기 직전의 틈을 노리며 검을 찔렀다.

"흡!"

하지만 나율경 역시 산전수전 다 겪은 백전노장이었다.

비록 검기성강의 경지에 이르지는 못했지만 경험은 누구보다도 많았다.

마흔여덟까지 살아 있다는 것 자체가 그의 강함을 증명하는 하나의 척도이기도 했고.

쉬이익!

투박하지만 확실하게 석진호의 찌르기를 피해 낸 나율경은 재차 도를 휘둘렀다.

체력 안배 따위는 없다는 듯이, 초반에 승부를 걸겠다는 듯이 나율경은 모든 것을 쏟아부었다.

쩌저저적!

줄기줄기 뻗어 나온 도기가 대지를 갈랐다.

하지만 그 말은 달리 말하면 단 하나도 석진호의 몸에 닿지 않았다는 뜻이기도 했다.

빠르고 예리한 나율경의 연계 공격을 석진호는 유려한 몸놀림으로 피해 내며 검을 휘둘렀다.

카카카캉!

순식간에 공수가 전환되었다.

몰아붙이던 나율경은 석진호가 본격적으로 검을 휘두르자

금세 수세에 몰렸다.

하나 그럼에도 나율경은 악착같이 도를 휘둘러 석진호의
검을 튕겨 냈다.

어찌어찌 막아 내기는 했던 것이다.

"크윽!"

그러나 그만큼 신체에 충격이 쌓였다.

따로 검기를 일으키지는 않았지만 상당한 진기가 검에 실
려 있었기에 충돌이 있을 때마다 나율경의 육체에는 충격이
차곡차곡 축적되었다.

"흐아압!"

하지만 나율경은 포기하지 않았다.

이게 마지막 기회이기에, 더 이상 후배들에게 추월당하고
싶지는 않았기에 나율경은 이를 악물고서 석진호의 검을 견
뎌 내며 빈틈을 노렸다.

그러면서 그는 점차 무아지경에 빠졌다.

오직 석진호의 검을 피하고 공격할 틈을 찾는 것에만 집중
했던 것이다.

그리고 그건 지켜보던 네 명도 마찬가지였다.

나율경만큼이나 간절했기에 네 명은 두 눈을 부릅뜨고서
두 사람의 대련을 지켜봤다.

퍼퍼퍽!

"켁!"

무인환생

그러나 언뜻 비등해 보였던 대련은 얼마 가지 못했다.

가까스로 검격을 막아 내던 나율경이 어느 순간 균형을 잃었고, 석진호는 그 틈을 놓치지 않았다.

무자비할 정도로 폭풍같이 나율경을 몰아붙였고, 그 결과 나율경은 검신에 흠씬 두들겨 맞은 후 기절하듯 쓰러졌다.

"다음 분 나오시죠."

"……!"

쌓인 충격이 상당한 모양인지 아직도 몸을 부르르 떨고 있는 나율경을 쳐다보던 네 명이 흠칫 놀랐다.

바로 이어서 하겠다는 것도 놀라웠지만 호흡이 조금도 흐트러지지 않았다는 점에서 네 사람은 경악했다.

분명 격렬한 대련이었음에도 불구하고 석진호의 얼굴에서는 지친 기색을 전혀 찾아볼 수 없었다.

오히려 이제 막 시작하는 게 아닐까 싶을 정도로 신색이 차분했다.

"잘 부탁드립니다, 관주님."

"시작하죠."

"예."

모두가 당황해할 때 장원필이 나섰다.

나율경 다음으로 그가 가장 나이가 많았기에 내심 두 번째는 자신의 차례라고 생각하고 있었다.

그래서 장원필은 빠르게 놀란 감정을 추스르고 석진호의

앞에 섰다.

이윽고 석진호를 향해 포권을 한 장원필은 번개같이 검을 뽑아 들고서 달려들었다.

까가가강!

기세 좋게 달려들었지만 안타깝게도 장원필 역시 나율경의 전철을 따랐다.

비슷한 시간을 버텼을 뿐 딱히 석진호에게 유효타라고 할 수 있는 공격을 펼치지 못했다.

그리고 그건 나머지 세 명도 마찬가지였다.

"언니는 저게 효과가 있을 거라고 생각해?"

"나쁜 방법은 아니라고 생각하는데."

창문에 턱을 괴고 앉아서 앞마당을 내려다보며 당아린이 물었다.

그런 그녀의 눈에 다리가 풀린 듯 부들부들 떨면서 다시 석진호의 앞에 서는 나율경이 잡혔다.

잔인하게도 석진호는 대련을 계속해서 이어 갔다.

휴식 시간은 다른 사람이 대련하는 시간뿐이라는 듯이 말이다.

"흐흥, 과연 되려나."

"내가 생각하기에도 저 방법밖에는 없을 것 같아. 같은 무공을 익힌 게 아니니까. 그리고 저런 경험을 쉽게 얻을 수 있

무인환생

는 것도 아니고."

"그렇기는 한데, 너무 무식한 방법 같아서. 저렇게 몰아붙이다가 반대로 망가질 수도 있어. 다들 나이가 많은 편인데."

당아린의 눈이 앞마당 곳곳에 널브러져 있는 아저씨들에게로 향했다.

어떻게든 체력을 최대한 회복하겠다는 듯이 누워 있었으나 네 사람의 시선은 석진호와 나율경에게 향해 있었다.

보는 것만으로도 얻는 게 분명히 있었기에 두 눈을 부릅뜨고 지켜보는 것이었다.

"육체적 전성기는 다들 지났지. 근데 그렇기에 더더욱 간절하지 않을까. 눈빛만 봐도 알 수 있잖아."

"안쓰럽기는 하지만 어쩔 수 없어. 자신의 한계를 뛰어넘는 건 그만큼 쉬운 일이 아니니까. 쉽다면 한계라는 말이 생기지도 않았겠지."

당아린이 어깨를 으쓱거렸다.

노력만으로는 안 되는 게 너무나 많다는 걸 잘 알아서였다.

"너는 금방 절정에 오를 것처럼 말한다? 벌써 일 년 넘게 진전이 없는 걸로 아는데."

"곧 넘을 거거든! 언니도 얼마 전에 겨우 넘었으면서!"

"난 재능이 있나 봐. 통곡의 벽을 느낄 새도 없이 되던데?"

"쳇! 재수 없어!"

별것도 아니라는 듯이 말하는 당하린의 모습에 당아린이 진심을 담아 투덜거렸다.

그러나 그 모습조차도 당하린에게는 마냥 귀엽게 보였다.

"너도 곧 넘을 수 있을 거야. 매일 꾸준히 수련하고 있는 거 다 알아."

"그럼 뭐 해, 언니보다 늦었는데."

"지금은 그렇지만 나중에는 모르지. 네가 나보다 더 높은 경지에 오를지도."

"반드시 그렇게 만들 거야!"

당아린이 당차게 소리치며 안력에 진기를 집중했다.

석진호의 움직임을 단 하나도 놓치지 않겠다는 듯이 뚫어 져라 쳐다봤던 것이다.

"참 신기해. 보통은 자신이 강해지거나, 혹은 가르치는 걸 잘하거나 둘 중 하나인데."

"그 부분은 나도 동감. 천재와 범재는 서로를 이해하지 못 하는 법인데 관주님은 예외인 거 같아. 분명 무공을 보면 관 주님도 천재과인데."

"내 말이."

가장 이해가 안 가는 간극이 바로 그 부분이었다.

천재는 범재를, 범재는 천재를 이해하지 못했다.

아니, 이해할 수 없다는 말이 맞았다.

그런데 석진호는 달랐다.

무인환생

"이번 일마저도 성공하면 난리 나겠지?"

"아마도? 어쩌면 아빠부터 달려오지 않을까? 본가만 하더라도 통곡의 벽에 막혀 있는 무사들이 많잖아. 일단 너도 그렇고."

"난 금방 넘을 거거든!"

"후후후."

발끈해서 소리치는 당아린의 머리를 그녀는 부드럽게 쓰다듬어 주었다.

응원의 의미가 담겨 있는 손길이었지만 이미 기분이 상한 당아린은 거칠게 그녀의 손을 튕겨 냈다.

"만지지 마!"

"어릴 적에는 마냥 좋아했었는데."

"그거야 어릴 때고! 지금은 나도 다 컸다고!"

"정신연령으로 따지면 아닌 거 같은데."

당하린이 짐짓 진지한 표정을 지었다.

같은 날, 거의 동시에 태어났지만 그녀에게 당아린은 늘 어린아이였다.

그렇기에 당하린은 동생의 말에 동의할 수 없었다.

"아니거든!"

"그래그래, 알았어. 그렇다고 하지 뭐."

"이익!"

어쩔 수 없이 인정한다는 투에 당아린의 얼굴이 붉어졌다.

동시에 쌍심지를 켜며 노려봤지만 고작 그 정도로는 당하
린에게 전혀 위협이 되지 않았다.

두 번째 날이 되었으나 달라지는 건 없었다.

석풍표국에서 일곱 명이 더 찾아와 열두 명이 되었다는 것
말고는 어제와 똑같았다.

순서대로 석진호에게 달려들고, 깨지고를 반복했던 것이
다.

"크아악!"

비명과 함께 황구철이 바닥을 나뒹굴었다.

다리는 진즉에 풀렸고 이제는 악과 깡밖에 남아 있지 않았
다.

하지만 그럼에도 달라지는 것은 없었다.

늘 날아가고 쓰러지는 건 그들이었다.

'괴, 괴물.'

'으으으!'

오전부터 시작된 무한 대련은 벌써 스무 번이 넘게 이어졌
다.

그 말인즉 석진호는 지금까지 단 한 번도 쉬지 않고 대련
을 이어 갔다는 뜻이다.

근데도 석진호의 호흡은 조금의 흐트러짐도 없었다.

'도대체 평소에 어떤 훈련을 하기에……'

무인환생

어제는 사실 정신없이 깨졌기에 이런 생각을 할 틈이 없었
다.

그런데 석풍표국 표두 일곱 명이 합류하자 먼저 승천무관
을 방문했던 다섯 명은 이런 의문이 들었다.

도대체 어떻게 하면 저런 괴물 같은 체력을 가질 수 있는
지 궁금해졌던 것이다.

"다음 분."

그러는 사이 또 한 명이 처참하게 깨지며 허물어졌다.

하지만 어느 누구 하나 포기하지 않았다.

오히려 경쟁심을 불태우며 먼저 석진호에게 달려들었다.

터터터팅!

'흐음.'

석진호의 눈빛이 밝아졌다.

시간이 흐를수록 자세는 망가져 갔고, 체력은 눈에 띄게
떨어졌다.

하지만 반대로 눈빛과 기세만큼은 강렬해졌다.

벽을 넘고 싶다는 욕망과 경쟁심 그리고 호승심이 한데 뒤
섞여 분출되는 것이었다.

'나쁘지 않군.'

이제 겨우 이틀이 지났을 뿐인데도 처음과는 확연히 달라
진 수련생들의 모습에 석진호는 속으로 만족스러운 표정을
지었다.

이런 속도라면 예상보다 빠르게 벽을 넘는 이가 나올 것 같아서였다.

특히 경쟁심을 건드린 게 가장 잘한 듯했다.

'더 이상 추월당하고 싶지는 않겠지.'

서 있는 것조차 힘들 정도로 지쳤음에도 멈추지 않고 달려드는 이유는 오직 하나뿐이었다.

더는 추월당하고 싶지 않았기에, 여기 있는 이들 중 가장 먼저 벽을 넘고 싶었기에 열두 명은 망설이지도, 머뭇거리지도 않았다.

"으아아악!"

악인지 기합인지 모를 괴성을 내지르며 달려드는 나율경의 눈은 이미 돌아가 있었다.

이성을 잃은 듯 초점이 없었다.

그러나 그의 도는 정확히 석진호에게 향해 있었다.

또한 엉망진창인 자세와 달리 도극이 그리는 궤적은 지금껏 그가 보여 주었던 것보다 훨씬 더 아름다우며 깔끔했다.

'이제야 발을 디뎠군.'

석진호가 무한 대련을 통해 극한까지 몰아붙이는 이유는 간단했다.

무공 말고는 그 어떤 생각도 하지 못하게 만들기 위해서였다.

물론 고민하고 고뇌하는 건 상승의 경지로 가기 위해서는 반드시 필요한 과정이었다.

하지만 문제는 벽을 오래 마주할수록 그러한 과정이 독이 된다는 점이었다.

쓸데없는 생각이 꼬리에 꼬리를 물고 이어져 새로운 벽을 만들거나 원래 있던 벽을 더욱 두껍고 단단하게 만든다는 사실을 너무나 잘 알았기에 석진호는 일단 이것부터 해결하고자 했다.

더불어 오랜 세월 동안 나약해진 정신과 육체도 다시 끌어올리면서 말이다.

우우웅!

멍한 얼굴로 도를 휘두르던 나율경에게서 변화가 일어났다.

지금까지와는 다른 공명음이 도신에서 흘러나왔던 것이다.

동시에 나율경은 수천 번, 수만 번 수련했던 자신의 무공을 펼치기 시작했다.

스스슥.

그리고 그걸 석진호는 자연스럽게 받아 주었다.

무아지경에 빠진 나율경을 올바른 길로 인도하듯 도와주었던 것이다.

"아아!"

잠시 후 춤을 추듯 도무(刀舞)를 추던 나율경의 입에서 탄성이 터져 나왔다.

그리고 그의 도에서 한 줄기 빛이 솟구쳤다.

"저, 저건!"

"도, 도강이다!"

"아이고, 형님!"

창졸간이지만 도신을 감쌌던 건 분명한 강기였다.

그렇기에 널브러져서 체력을 회복하고 있던 열한 명이 자리에서 벌떡 일어났다.

"진짜 성공했어!"

"크흑!"

같은 처지이기에 누구보다 서로를 잘 이해했던 그들이었다.

그렇기에 열한 명은 경쟁심을 잠시 억누르고서 진심으로 나율경을 축하했다.

"지, 진짜 내가 도강을 만든 건가?"

"보셨지 않습니까."

"미, 믿기지가 않아서요."

무아지경에서 빠져나온 나율경은 마치 꿈에서 깬 듯한 표정으로 석진호와 자신의 애병을 번갈아 쳐다봤다.

분명 자신의 두 눈으로 똑똑히 봤지만 아직도 믿기지 않았기에 나율경은 어안이 벙벙한 표정을 지었다.

"직접 확인해 보시죠."

武人還生
무인환생

"으음!"

무한 대련으로 단전은 텅 비어 있었지만 이상하게 공허한 느낌은 들지 않았다.

한 톨의 공력도 남아 있지 않았지만 이상할 정도로 몸에 힘이 넘치는 듯한 느낌에 나율경은 조심스럽게 진기를 움직였다.

'응? 기맥이 넓어졌나?'

애병에 진기를 주입하던 나율경이 두 눈을 끔뻑거렸다.

왠지 모르게 운기조식을 할 때보다 진기의 흐름이 훨씬 더 원활해진 것 같아서였다.

아침의 기맥이 냇물 정도였다면 지금은 강물과도 같은 느낌이었기에 나율경은 고개를 갸웃거렸다.

웅웅웅!

하지만 그 의문은 금세 사라졌다.

애병에 주입된 진기가 도기를 지나 도강을 이루는 광경을 보자 단숨에 시선을 빼앗겼던 것이다.

"우와……."

"아름답다."

"나도 만들고 싶다, 강기……."

영롱하게 빛나는 백색의 도강을 나율경은 멍하니 쳐다봤다.

말 그대로 넋을 잃고 바라봤던 것이다.

그때 석진호가 입을 열었다.

"멈추시죠. 더 이상은 위험합니다."

"아!"

나지막한 석진호의 음성에 나율경은 퍼뜩 정신을 차렸다.

그러고는 황급히 진기를 회수했다.

조금만 늦었어도 원기에 손상이 갈 뻔했다는 사실에 나율경은 식겁한 얼굴로 한숨을 내쉬었다.

"축하드립니다."

"감사합니다. 이 모든 건 다 관주님 덕분입니다. 정말 감사합니다. 크흑!"

말을 하던 나율경이 눈물을 글썽거렸다.

지난 이십 년의 세월이 떠오르며 감정이 복받쳐 올랐던 것이다.

그의 눈물에 모여 있던 열한 명의 눈가도 촉촉해졌다.

모두 기간은 달랐지만 그 시간의 힘겨움과 서러움에 대해서 너무나 잘 알았기에 다들 공감하는 것이었다.

"넘었다고 끝이 아닙니다. 이제 새로운 경지에 발을 디딘 것뿐입니다. 그러니 우선은 깨달음을 수습부터 하시지요."

"그 전에 큰절부터 받으시지요!"

"괜찮습니다."

울먹거리며 대뜸 절을 하려는 나율경을 석진호가 황급히 붙잡았다.

무인환생

고마운 마음은 알겠지만 냉정히 말해서 그는 계약을 성실히 이행했을 뿐이었다.

그렇기에 석진호는 나율경을 말렸다.

"관주님 덕분에 어쩌면 평생 동안 넘지 못할 벽을 넘었습니다. 그 고마움을 꼭 전하고 싶습니다."

"그게 큰절일 필요는 없지요. 우선은 수습부터 하시죠. 감사 인사는 그 이후에 받겠습니다."

"관주님께서 그리 말씀하시니, 알겠습니다."

"정 교두가 조용한 곳으로 안내해 드릴 겁니다."

수련생들 못지않은 집중력으로 모든 대련을 하나도 놓치지 않고 주시했던 정마룡이 석진호의 말에 번개같이 달려왔다.

그러고는 나율경을 데리고 비어 있는 방으로 향했다.

"마저 할까요."

정마룡을 따라 이동하는 나율경을 일별한 석진호가 몸을 돌렸다.

그런데 분위기가 방금 전하고는 완전히 달라졌다.

나율경이 통곡의 벽을 넘는 모습을 두 눈으로 직접 봐서 그런지 다들 눈빛이 장난 아니었다.

하나같이 두 눈을 번뜩이며 무시무시한 안광을 뿜어 댔던 것이다.

'다음은 나다!'

'나도 절정지경에 오른다!'

열망으로 불타는 열한 명의 모습에 석진호는 피식 웃었다.

표정만 봐도 무슨 생각을 하는지 알 수 있어서였다.

"시작하죠."

"저부터 하겠습니다!"

"아니, 저부터 하고 싶습니다!"

"비켜! 내 차례라고!"

석진호의 말이 끝나기 무섭게 열한 명이 동시에 달려들었다.

언제 지쳤었냐는 듯이 힘이 넘치는 그들의 모습에 석진호는 어깨를 으쓱이며 달랬다.

아직 시간은 많았고, 이제 겨우 이틀 차일 뿐이었다.

그리고 석진호는 나머지 열한 명 전원을 절정 고수로 만들 생각이었다.

'시기만 좀 차이 나겠지.'

가진 바 재능도 각기 다르고 경지를 넘는 데에는 운도 상당 부분 작용하기에 석진호는 조급해하지 않았다.

하다 보면 언젠가는 다들 통곡의 벽을 넘을 터였다.

도주윤이 그러했고, 나율경이 그랬던 것처럼.

퍼퍼퍼퍽!

이윽고 앞마당에서 다시 시원스러운 타격음이 울려 퍼졌다.

무인환생

그러나 누구 하나 비명을 지르지 않았다.

오히려 더욱 처절하게 석진호에게 달려들었다.

고향과는 달리 평화로운 황화현의 모습에 도지윤은 미소가 절로 나왔다.

해변가라서 그런지 바다 특유의 짠내가 은근히 났지만 거슬릴 정도는 아니었다.

오히려 고향보다 더 포근한 느낌에 도지윤은 웃으며 기지개를 폈다.

"다 썼어요!"

"어디 보자."

동생과 대표두가 표행을 가면 이제 승천무관을 찾는 게 일상이 되었다.

물론 단순히 놀려고 찾아가는 건 아니었다.

나름의 소일거리가 있었다.

"오늘 배운 글자들 다 썼어요."

"저도 다 썼습니다."

채소설에 이어 채소강도 조심스럽게 종이를 내밀었다.

그런데 자신만만한 채소설과 달리 채소강은 살짝 위축된 모습이었다.

"소설이는 다 맞았네. 소강이는 두 개 틀렸고."

"아자!"

"음!"

만점이라는 말에 채소설이 활짝 웃으며 손을 들었다.

남매라도 승부는 승부였기에 이기자 신나 했던 것이다.

반대로 채소강의 얼굴은 어두워졌다.

"두 개 틀리긴 했지만 잘했어. 소강이도 빠르게 글을 익히는 편이야. 주윤이에 비하면 엄청나게 말이지."

"정말요?"

"응. 주윤이는 어릴 때 하도 글공부를 안 하려고 해서 엄마가 엄청 힘들어하셨어. 맨날 무공 수련만 하려고 했거든."

도주윤보다 빠르다는 말에 채소강의 얼굴이 밝아졌다.

하지만 그것도 잠시뿐이었다.

현재 도주윤은 열아홉이라는 나이에 절정에 올라 있는 천재였다.

글은 그가 빠를지 모르나 무공 쪽은 감히 비벼 볼 만한 상대가 아니었기에 채소강은 작게 한숨을 내쉬었다.

"그래도 글은 제가 빨라서 다행이네요."

"지금 열등감을 갖는 거야? 에이, 동갑도 아닌데 왜 그래."

도지윤이 손으로 입을 가리며 웃었다.

나이 차이가 적지 않은데 쓸데없이 비교를 하는 것 같아서였다.

"크게 나이 차가 나는 것도 아닌데요."

"우리 나이대에는 일 년도 엄청 커. 당 소저들은 쌍둥이인데도 엄청 다르잖아."

"……그건 그렇죠."

너무나 적절한 예시에 채소강이 떨떠름한 얼굴로 대답했다.

하루도 아니고 같은 날 거의 같은 시각에 태어났음에도 두 사람은 완전히 달랐다.

하지만 누가 보더라도 언니와 동생을 구분하는 게 가능했다.

"그리고 너는 관주님께 직접 무공을 사사하고 있잖아. 그게 얼마나 대단한 건지 알고 있지? 단순히 값만 따져도 어마어마할걸."

"그, 그렇죠."

단기 속성 과정을 받기 위해 승천무관에 내야 하는 금액에 대해서 알고 있었기에 채소강은 반박을 하지 못했다.

그로서는 감히 상상조차도 하지 못한 금액이었기에 채소강은 도지윤의 말에 설득당할 수밖에 없었다.

"언니는 피곤하지 않으세요? 청송표국 일도 하면서 저희랑 윤 오빠, 마릉 오빠한테 글도 가르치시잖아요."

"안 힘들어. 어려운 것도 없고. 게다가 관주님께 받은 은혜에 비하면 이건 아무것도 아닌걸. 그리고 맛있는 저녁을 공짜로 먹잖아. 힘들 게 어디 있어?"

"흐음, 품삯을 받기는 하시네요."

"염치가 없기는 하지만."

도지윤이 살짝 부끄러운 표정을 지었다.

고향을 떠나 황화현에 터를 잡은 건 오로지 석진호 때문이었다. 하지만 남매가 아무리 찾아봐도 황화현 이상 가는 지역을 찾을 수가 없었다.

하북성에서 조금 외진 곳에 위치해 있었으나 아래로는 황하의 끄트머리가 있는 산동성과 인접해 있었고 북으로는 개척하려는 곳인 요녕성과 길림성이 있었다.

게다가 승천무관으로 인해 그 어떤 곳보다 치안이 확실하게 잡혀 있는 곳이 황화현이었기에 그녀나 도주윤은 여기보다 더 나은 곳을 찾을 수가 없었다.

"자존심이 밥 먹여 주나요. 염치가 좀 없으면 어때요. 그리고 사람끼리 같이 돕고 살아야지요. 관주님만 해도 냉정한 척하시지만 챙길 건 다 챙기시잖아요."

"자기 사람들 한정이기는 하지만."

"그게 가장 중요한 거죠. 그것도 못하는 사람들이 얼마나 많은데요. 물론 저희는 운이 좋은 경우지만요. 사실 저도 언니랑 같은 처지이기도 하고요."

채소설이 마지막 말은 개미 목소리처럼 작게 말했다.

지금의 안락한 삶이 오라비의 희생으로 이루어졌기에 채

武人還生
무인환생

소설은 늘 미안한 마음을 품고 있었다.

채소강이 싫어하기에 평소에는 티를 잘 내지 않았지만 말이다.

"그랬구나."

"저도 꼭 관주님께 보은할 거예요. 제가 잘하는 걸로요."

"다 컸네, 우리 소설이."

"히히히!"

칭찬에 기분이 좋아진 모양인지 채소설이 몸을 비비 꼬았다.

조숙한 척했지만 역시 아직은 어린아이였다.

"거기다 요리도 잘하니 성년이 되면 남자가 꽤나 줄 서겠는데?"

"어머머!"

"크흠! 소설이의 반려자는 제가 보고 결정할 겁니다. 동생을 쓰레기 같은 놈팡이에게 보낼 수는 없으니까요."

아직 먼 미래의 일이었지만 채소강은 벌써부터 비장한 각오를 보이며 말했다.

웬만해서는 절대 허락하지 않겠다는 듯이 말이다.

"내 남편을 왜 오빠가 정해? 내가 정해야지."

"가장이니까. 그리고 남자는 남자가 봐야 해. 남자를 가장 잘 아는 건 남자니까."

"인정할 수 없어!"

"인정하기 싫어도 어쩔 수 없어."

채소강이 단호하게 말했다.

이 부분만큼은 절대 양보할 생각이 없었다.

"보기 좋네."

한편 여느 남매들과 마찬가지로 금세 불이 붙어 티격태격
하는 두 사람의 모습에 도지윤이 미소 지었다.

힘이 넘치는 두 사람의 모습에 가슴이 푸근해졌던 것이다.

동시에 표행을 하고 있을 남동생을 떠올렸다.

'잘하고 있나 모르겠네. 이번 표행은 요녕성 끝까지 간다고
했었는데.'

남동생을 걱정하던 그녀가 고개를 돌렸다.

잠시 환기할 요량으로 활짝 연 창문으로 한겨울임에도 불
구하고 열심히 땀을 흘리는 열두 명의 아저씨들과 석진호가
보였다.

시뻘게진 얼굴로 헉헉거리는 열두 명과 달리 석진호는 쉬지
않고 지도 대련을 하고 있음에도 땀 한 방울 흘리지 않았다.

"무슨 생각 하세요?"

"대단하다는 생각?"

"다른 마음이 있는 건 아니고요?"

채소강과 결판을 냈는지 채소설이 슬쩍 다가왔다.

그러면서 목소리를 낮게 깔았다.

"그게 무슨 말이야?"

武人還生
무인환생

"저한테는 다 보여요, 우흐흐흐!"

시치미를 떼도 다 안다는 듯이 채소설이 히죽 웃었다.

그러나 도지윤은 진짜 아니라는 듯이 눈을 껌뻑이며 모르쇠로 나갔다.

"무슨 소리인지 모르겠네."

"알았어요. 모른 척 넘어가 드릴게요, 흐흐흐!"

"아, 나 궁금한 거는 있어."

"어떤 게 궁금하세요?"

채소설이 씨익 웃었다.

자연스럽게 화제를 전환하려는 것임을 그녀는 알아서였다.

하지만 채소설은 그걸 콕 짚기보다는 모른 척 넘어갔다.

"당 소저는 진짜 계속 남아 계시는 거야?"

"제가 듣기로는 그런다고 하던데요?"

"혼사가 막힐 텐데? 지금이야 동생분이 계시지만 본가로 돌아가면 혼자 남게 되실 텐데."

"으음, 혼사에 지장이 갈 것 같지는 않아요. 지난번 관주님 생일잔치 때 관주님을 찾아온 손님 못지않게 아가씨들을 찾아온 이들도 많았거든요. 그때 진짜 재미있었는데. 어떻게 말 한번 섞어 보려고 아등바등하는데, 그 모습이 저는 그렇게 재미있더라고요. 살짝 부럽기도 했고요. 황화현에서 나름 잘나간다는 집안의 자제들은 죄다 왔었거든요."

"그게 부러웠구나?"

마지막 말이 핵심인 듯했기에 도지윤이 웃으며 채소설의 볼을 꼬집었다.

나이도 어린 게 벌써부터 앙큼한 것 같아서였다.

"헤헤! 잘생긴 남자 싫어하는 사람은 없잖아요. 근데 죄다 까였어요. 제가 봐도 까일 만했고요. 관주님이랑 비교하면 다들 얼굴만 번지르르하지 실속이 없어 보였어요."

"관주님이랑 비교하면, 그렇지."

냉정하게 말해 석진호의 외모는 평범했다.

속된 말로 어디서나 볼 수 있는 외모였다.

하지만 말끔하니 남자답게 생겼고, 특유의 분위기가 있어 매력은 충분했다.

'외모보다는 능력과 매력이지.'

얼굴값을 하는 건 남자든 여자든 똑같았다.

그렇기에 도지윤은 너무 잘생긴 남자는 싫었다.

능력 없는 남자는 더더욱 싫었고.

"언니한테도 들이대는 남자들 많던데요?"

"죄다 쭉정이들이야."

"그건 저도 인정. 차라리 교두님들이 더 나은 것 같더라고요."

"어머머, 애 좀 봐?"

도지윤이 눈을 크게 떴다.

무인환생

한데 그런 그녀의 반응에도 채소설은 당당하게 말을 이었다.

　"그냥 그렇다고요. 남자로 보는 게 아니라."

　"지금은 그렇지만 나중에는 달라질 수도 있다는 투로 들리는데?"

　"히히! 인연은 어떻게 될지 모르잖아요. 게다가 관주님이 직접 거둔 분들이잖아요. 탄탄대로가 쫙 깔려 있는 거나 마찬가지인데 낭군감으로 나쁘지 않죠."

　"커힉!"

　채소설의 말에 뒤에서 신음 소리가 들렸다.

　조용히 듣고 있던 채소강이 뒷목을 붙잡으며 내는 소리였다. 하지만 오라비의 그런 반응에도 채소설은 혀를 쏙 내밀었다.

　"그냥 그렇다고요."

　"사람 인연은 어떻게 될지 모르니까."

　"맞아요. 그리고 저는 언니도 응원해요. 사실 미모로는 언니도 꿀리지 않아요!"

　"당 소저한테도 똑같이 말할 거면서."

　"에이, 그 무슨 섭섭한 말씀을."

　채소설이 절대 그럴 일 없다는 듯이 손가락을 휙휙 흔들었다. 하지만 도지윤은 그 말을 순순히 믿지 않았다.

　"다시 한번 말하는데 그런 거 아냐. 그러니까 자꾸 그런 쪽으로 몰아가지 마."

"알았어요."

대답은 했지만 씰룩이는 입가가 말하는 바는 명백했다.

하지만 계속 말한다고 한들 달라질 것 같지 않았기에 도지윤은 고개를 절레절레 젓고는 다시 글을 가르치기 위해 책을 폈다.

제36장 내 맘대로

"도착했습니다, 일공자님."

승천무관 앞에 도착한 마부가 마차 안을 향해 조심스럽게 말했다. 그러자 한 명의 청년이 신경질적으로 마차 문을 열고서 밖으로 나왔다.

"크흠!"

무엇이 그리 못마땅한지 얼굴을 잔뜩 찌푸린 청년이 승천무관의 현판을 노려봤다.

그것도 꽤 오랫동안 말이다.

결국 보다 못한 수하 중 한 명이 조심스럽게 입을 열었다.

"안에 기별을 넣을까요?"

"……그렇게 해."

"예."

얼굴 가득 심기 불편한 기색을 드러내며 청년이 말하자 호위 무사로 보이는 중년인이 곧바로 문을 열었다.

그러자 앞마당에서 실전을 방불케 할 정도로 살벌하게 대련하는 중년인들의 모습이 가장 먼저 눈에 들어왔다.

"누구십니까."

"헙!"

소문이 무성한 승천무관을 슬쩍 둘러보던 중년인이 고개를 돌리다 깜짝 놀랐다.

송아지만 한 늑대 세 마리가 자신을 노려보자 당황한 것이었다. 하지만 길을 잘 들여서 그런지 사나운 눈빛은 뿌려도 으르렁거리거나 달려들지는 않았다.

"어? 일공자님?"

갑자기 문을 열고 들어오는 중년인의 어깨 너머를 살펴보던 정마룡이 화들짝 놀랐다.

정문 밖에 생각지도 못한 이가 서 있어서였다.

"나를 아나?"

"석가장에서 관주님을 모셨습니다."

"두 명의 하인 중 한 명인 모양이군."

"그렇습니다."

하인이었다는 말에 석진룡은 더욱 거만한 눈빛을 뿌렸다.

그러면서 정마룡의 몸 곳곳을 대놓고 훑어봤다.

무인환생

마치 아랫사람을 보듯이 말이다.

"진호에게 안내해라. 내가 왔다고."

"혹시 관주님께 연락하셨습니까? 저는 따로 언질받은 게 없어서……."

"내가 왔는데 절차가 무슨 필요가 있느냐!"

정마룡을 향해 석진룡이 호통을 쳤다.

감히 석가장의 일공자인 자신에게 말대꾸를 하는 게 어처구니가 없어서였다.

그런데 정마룡의 반응이 예상과는 달랐다.

예전이었다면 냉큼 무릎부터 꿇었을 녀석이 지금은 얼굴만 굳히고서 그를 똑바로 쳐다보고 있었다.

"예고 없는 방문이라면 기다리셔야 합니다. 여기는 석가장이 아니니까요."

"뭐라고!"

시뻘게진 얼굴로 석진룡이 다시 한번 노성을 터트렸다.

동시에 그를 호위하듯 서 있던 수신 호위들이 매서운 눈으로 정마룡을 노려봤다. 다른 곳도 아니고 석가장의 하인이었던 이가 석진룡에게 말대꾸를 하는 것도 모자라 안내할 수 없다고 하자 어이가 없었던 것이다.

"기다리셔야 한다고 말씀드렸습니다."

"네까짓 게 감히!"

건방지게 눈을 똑바로 뜨고서 대답하는 정마룡의 모습에

석진룡의 양 볼이 푸들푸들 떨렸다.

그리고 호위 무사들은 아예 대놓고 살기를 뿌렸다.

살기로 정마룡을 겁박했던 것이다. 하지만 절정 고수의 살기에도 정마룡은 식은땀을 흘릴지언정 말을 바꾸지 않았다.

"건방진 건 그쪽인 것 같은데. 어디 남의 집 앞마당에서 행패야?"

"커헉!"

"큭!"

정마룡을 짓누르던 압박감이 감쪽같이 사라졌다.

대신 그를 겁박하던 호위 무사들이 일제히 신음을 흘리며 비틀거렸다. 목소리에 담겨 있는 진기가 호위 무사들의 내부를 진탕시킨 것이었다.

심지어 가장 고수라 할 수 있는 호위 무사장조차도 고통스러워하는 모습에, 살기등등했던 석진룡이 움찔거렸다.

"손님으로 찾아왔으면 손님으로서의 예의를 지키는 게 도리라고 생각하는데. 아니면 내가 아직도 만만하게 보이는 건가?"

"……지금 나에게 하대하는 거냐?"

"못 할 건 뭐야? 여기가 석가장도 아닌데. 그렇다고 우리가 우애 깊은 사이도 아니고."

석진호가 석진룡을 쳐다보며 비아냥거렸다.

그 모습에 석진룡의 두 눈에 핏발이 섰다.

武人還生
무인환생

"네놈이 감히……!"

"아직도 상황 파악이 안 되나? 석가장이라는 배경이 지금 널 지켜 줄 수 있을 것 같아?"

털썩! 털썩!

석진호의 입가에 비웃음이 맺힌 순간 호위 무사들이 무릎을 꿇었다. 그의 전신에서 흘러나오는 위압감에 모두 다 제압당한 것이었다.

호위 무사장만이 이를 악물고 버티고 있었으나 그 역시 서서히 무릎이 굽혀지고 있었다.

절정 고수라고 하나 그래 봤자 강호백대고수에도 들어가지 못하는 무인이었기에 호위 무사장도 결국 무력하게 무릎을 꿇었다.

"이러고도 무사할 것 같으냐!"

"그럼 아예 병신으로 만들까? 뒤처리가 깔끔하게. 실수였다고 하고 앉은뱅이로 만들면 어찌어찌 감당할 수 있을 것 같기는 한데. 어차피 후계자 후보가 두 명이나 남아 있고. 명분은 네놈이 만들어 주었으니 그 정도면 충분히 석가장과 타협을 볼 수 있을 것 같은데. 아닌 것 같아?"

부르르르!

두 눈을 부릅뜨고 부라리던 석진룡이 순간 흠칫거렸다.

머리끝까지 차올랐던 분노가 순식간에 식으며 냉정하게 현실을 판단하기 시작했던 것이다.

오만하고 권위적인 성격의 그였지만 그렇다고 머리가 없
는 건 아니었다. 다만 지금의 석진호가 아닌, 서출이자 무능
력했던 석진호를 생각했기에 사태가 여기까지 온 것이었다.

그리고 그 저변에는 질투와 시기가 깔려 있었다.

어느 날 갑자기 무공에 천재성을 보이는 석진호가 너무나
부러웠기에 그는 들려오는 말과 보이는 것들을 무시했다.

석진호가 그보다 잘났다는 사실을 인정할 수가 없어서였
다.

으드득!

하지만 이제는 인정해야만 했다.

인정하고 싶지 않았지만 이제는 받아들여야 했다.

석진호의 능력으로 인해 석미룡의 세력이 급격하게 강성
해졌기에 어떻게든 거기에 제동을 걸어야 했다.

아니면 석진호를 자신에게 끌어오든지.

'감히 서출 주제에……!'

석진룡이 이를 갈며 몸을 떨었다.

하지만 냉정하게 말해서 지금 자신의 목숨 줄을 쥐고 있는
건 석진호였다.

더구나 지금까지 아버지와 할아버지가 보여 준 모습을 생
각하면 석진호의 말마따나 병신이 된다고 하더라도 일이 커
질 것 같지 않았다.

확실하게 소장주의 신분이 되었다면 모를까 아직 그는 후

무인환생

보 중 한 명일 뿐이었다.

"자, 잠시만요! 대화가 너무 과열된 것 같습니다! 두 분 다 조금만 흥분을 가라앉히시고 보다 건설적인 대화를…….
커헉!"

석진룡의 심복이자 최측근이라 할 수 있는 중년인이 말을 하다 말고 바닥에 주저앉았다.

그러고는 두 손으로 복부를 움켜쥐고는 금방이라도 죽을 것처럼 기침을 했다.

"요즘 석가장에서는 아랫것들이 윗사람들 대화에 끼어들 수 있나 봐? 내가 있을 때는 아니었던 것 같은데."

"케헥! 쿨럭!"

석진룡이 정마룡을 내려다보던 눈빛으로 석진호가 중년인을 싸늘하게 노려봤다.

그러자 주변의 분위기가 급속도로 냉각되었다.

석진호에게서 흘러나오는 서늘한 기운이 삽시간에 주위를 잠식해 갔던 것이다. 소름이 오소소 올라오는 그 싸늘한 기세에 석진룡의 머리가 더욱 빠르게 식었다.

"그리고 너, 그거 뽑으면 뒈진다."

흠칫!

가까스로 허리는 세우고 있던 호위 무사장이 움찔거렸다.

하지만 그건 싸늘한 목소리 때문이 아니었다.

매서운 눈길과 함께 마치 목 앞에 차가운 칼이 대어져 있는 듯한 느낌에 호위 무사장은 마른침을 삼켰다.

'무, 무형지기를 이토록 섬세하게 다룰 정도란 말인가!'

보이지 않았으나 호위 무사장은 알았다.

지금 자신의 목에 뭐가 다가와 있는지를 말이다.

동시에 석진호가 얼마나 대단한 고수인지 새삼 깨달았다.

더불어 어째서 당당하게 석가장을 나갔는지도.

"내가, 내가 실수했다. 사과……하마."

호위 무사장이 질린 얼굴로 두 팔을 늘어뜨리며 석진호의 기세에 순순히 순응한 순간 석진룡이 입을 열었다.

놀랍게도 자존심 덩어리라 할 수 있는 그가 먼저 사과해 왔던 것이다.

하지만 석진룡의 사과에도 석진호는 코웃음을 쳤다.

"그딴 억지 사과 받고 싶지 않다. 더 이상 말을 섞고 싶지도 않고. 그러니 돌아가라."

"자, 잠깐만!"

매몰찰 정도로 차갑게 몸을 돌리는 석진호를 향해 석진룡이 손을 뻗으며 소리쳤다.

여기까지 왔는데 이대로 아무것도 얻지 못하고 돌아갈 수는 없었다.

그렇게 되면 가뜩이나 무서운 속도로 세력을 키우는 석미룡에게 좋은 일이었기에 석진룡은 어떻게든 석진호와 대화를 이어 가려고 했다.

생전 처음 저자세로 나가더라도 말이다.

크르르릉!

그러나 석진룡은 석진호에게 다가갈 수 없었다.

석진호의 등장과 함께 기가 살아난 늑대 삼 형제가 무시무
시한 송곳니를 드러내며 그에게 으르렁거려서였다.

금방이라도 달려들 것처럼 털을 바짝 세우고 몸을 한껏 웅
크린 모습에 석진룡은 멈춰 설 수밖에 없었다.

"나는 할 말 없다."

"무슨 일입니까?"

뒤도 돌아보지 않고 말하는 석진호의 곁으로 땀을 뻘뻘 흘
리는 이들이 다가왔다.

그런데 그들이 풍기는 기세가 하나같이 대단했다.

호위 무사장보다는 못하지만 그래도 상당히 강렬한 기파
를 흩뿌리며 다가오는 열다섯 명의 모습에 석진룡의 눈이 복
잡해졌다.

이들 중 상당수가 경쟁자인 석미룡의 휘하에 있는 이들일
게 분명해서였다.

'젠장!'

반면에 그의 전력은 크게 달라지지 않았다.

최상의 대우와 풍족한 월봉을 약속했지만 그 조건에 혹하
는 무인은 기껏해야 초일류까지였다.

절정 고수들은 단순히 돈을 많이 준다는 말에 움직이지 않

았다.

한데 그런 절정 고수들을 석미룡은 석진호와 좋은 관계를 맺었다는 이유 하나만으로 엄청나게 불려 가고 있었다.

'더 이상은 안 돼!'

석진룡이 괜히 이곳에 온 게 아니었다.

통곡의 벽을 수년 동안 넘지 못했던 이들이 승천무관에 방문한 후 절정 고수에 올랐다.

그 사실이 암암리에 알려지면서 그는 물론이고 둘째인 석기룡 휘하에 있는 무인들도 동요하기 시작했다.

무인에게 있어 더 높은 경지로 올라가는 건 그 무엇보다 중요했다.

때문에 그 동요를 막고자, 자칫 잘못하면 애써 모았던 세력이 일시에 무너질 수도 있기에 그가 직접 승천무관을 찾은 것이었다.

하지만 상황은 안타깝게도 좋지 못했다.

"무엇을, 무엇을 원하느냐. 네가 원하는 건 다 해 주겠다!"

"그럴 필요 없다니까. 그쪽이랑은 할 말이 없어. 마룡아, 문 닫아라."

"예."

"잠깐만!"

"더 이상 시끄럽게 하면 팔다리를 부러뜨려서 던져 버릴 거다."

武人還生
무인환생

진심이 담긴 말투와 싸늘한 눈빛에 석진룡은 굳어 버렸다.

그사이 정마륭은 승천무관의 정문을 닫아 버렸다.

쿠웅!

묵직한 소리와 함께 굳건하게 닫힌 대문의 모습을 석진룡이 허망하게 쳐다봤다.

그러면서 그는 생각했다.

도대체 어디서부터 잘못된 것일까 하고.

하지만 아무리 고민해 봐도 속 시원한 답은 떠오르지 않았다.

"일공자님……."

"……."

생전 처음 당한 문전 박대에 정신을 차리지 못하고 있는 석진룡을 향해 심복이 조심스럽게 입을 열었다.

그러나 석진룡은 멍한 눈빛으로 승천무관의 정문만 쳐다보고 있었다.

"어찌할까요?"

"……돌아간다."

"이대로 돌아가시면……."

"그럼 어떻게 할까? 문 열고 들어가서 드잡이질이라도 해? 얻어터져 가면서 바짓가랑이라도 붙잡아야 할까?"

"죄, 죄송합니다!"

폭포수처럼 쏟아지는 분노 가득한 고성에 심복의 고개가

점차 숙여졌다.

사실 그도 솔직히 말하면 대문을 다시 열고 싶지는 않았다. 싸늘한 석진호의 눈빛에 오금이 저렸기에 다시는 마주치고 싶지 않았다. 다만 앞으로가 걱정이 되었기에 한 번 더 물어본 것이었다.

"돌아가자마자 중원의 유명한 무관은 싹 훑어. 통곡의 벽을 넘게 해 주는 무관이 분명히 또 있을 거야. 저놈이 할 수 있는데 다른 사람이라고 해서 못할 건 없지. 돈은 얼마가 들어도 좋으니까 가능한 곳을 찾고, 우리 쪽 무인들을 절정 고수로 만들어. 동시에 영입할 수 있는 절정 고수들도 알아보고. 이대로 밀리면 너도 끝장이다."

"예, 옙!"

기합이 바짝 들어간 목소리로 심복이 대답했다.

그와 석진룡은 같은 배를 탄 상태였다.

그런 만큼 석진룡이 몰락한다면 그 역시 석가장에서 쫓겨날 것이 자명했다.

"돌아간다."

쓸데없이 자존심이 높기는 해도 석진룡이 우둔하지는 않았다. 그렇기에 그는 빠르게 대책을 수립하고는 마차에 올라갔다.

물론 원래 성격이 어디 가지 않기에 방금 전의 굴욕을 곱씹으며 복수를 다짐했지만 적어도 지금은 석진호와 싸울 때

武人還生
무인환생

가 아니었다.

'나중에, 나중에 반드시 이 치욕을 열 배, 백 배로 갚아 줄 것이다!'

움직이기 시작하는 마차 안에서 석진룡이 두 눈을 형형하게 빛냈다.

하지만 그는 몰랐다.

호위 무사들이 승천무관에 막 도착했을 때와 지금의 눈빛이 완전히 다르다는 사실을 말이다.

카카카캉! 퍼펑!

눈앞에서 펼쳐지는 현란한 대결에 채소강은 눈을 뗄 수가 없었다.

그 정도로 세 사람이 펼치는 대결은 흥미진진했다.

수준은 당연히 석진호와 수련생들의 대결이 더욱 높았지만 아직 견문이 짧아서 그런지 채소강의 눈에는 당아린과 탁윤, 정마룡의 대결이 더 재미있었다.

"치잇!"

하지만 그건 구경꾼의 입장에서고 두 사람을 상대하는, 정확하게는 탁윤을 공격하는 당아린의 입장에서는 열불이 치솟았다.

대체 얼마나 대단한 외공을 익힌 건지 아무리 두들겨도 좀처럼 타격을 입지 않아서였다.

부우웅!

거기다 가끔이지만 위협적으로 뻗어 나오는 주먹을 볼 때면 등골이 서늘해졌다.

빠르진 않지만 묵직하게 쇄도하는 주먹은 부딪치는 순간 엄청난 충격을 줄 게 분명했기에 당아린은 더욱 기민하게 보법을 펼치며 탁윤의 권역에서 빠져나왔다.

"차합!"

그러나 빠져나왔다고 해서 끝이 아니었다.

느린 탁윤의 단점을 보완하듯 발 빠른 정마룡이 기습적으로 달려들어 끈질기게 움직임을 방해했기에 당아린으로서는 정신이 없었다.

빠른 눈치만큼이나 정마룡은 손과 발이 날랬다.

물론 단독으로 상대하면 정마룡은 그녀의 적수가 아니었지만 문제는 그가 시간을 끌면 상대하기 까다로운 탁윤이 가세한다는 점이었다.

"쳇!"

영악하게도 정면 승부는 무조건 피하면서 어떻게든 시간을 끌어 탁윤을 가세하게 만드는 정마룡의 전략에 당아린은 얼굴 가득 짜증 난다는 표정을 지었다.

대련을 할 때마다 이런 양상으로 간다는 걸 알지만 열불 나는 건 이걸 알면서도 막거나 파훼할 수가 없다는 점이었다.

특히 몸은 둔치여도 머리는 제법 굴러가는 모양인지 정마룡은 며칠 사이에 그녀의 초식에 조금 익숙해진 듯한 모습을 보이며 요리조리 회피해 냈다.

막을 수 없는 건 탁윤의 외공을 이용해 미꾸라지처럼 빠져나갔고 말이다.

"흑흑!"

그러나 그녀는 몰랐다.

당아린이야 짜증 나는 수준이었지만 정마룡은 정말 악착같이 피하고, 겨우겨우 견제하고 있다는 사실을 말이다.

살상력이 높은 독과 암기를 자체적으로 금제했음에도 불구하고 당아린의 무공은 뛰어났다.

기본적으로 보신경과 장공, 수공에 능했는데 거기에 공력 역시 절륜하니 맞상대가 불가능했다.

만약 탁윤이 대부분의 공격을 막아 주지 못했다면 정마룡은 십초지적은커녕 삼 초 만에 제압당했을 터였다.

하지만 그렇기에 정마룡에게는 큰 도움이 되었다.

'아가씨 역시 스스로에게 도움이 된다고 생각하시니까 우리와 이렇게 대련을 해 주시는 것일 테고.'

얼굴에는 짜증이 잔뜩 서려 있지만 그건 달리 말하면 두 사람의 협공이 그만큼 까다롭다는 뜻이었다.

게다가 본인이 아는지 모르지만 날이 갈수록 당아린의 움직임은 매서워지고 있었다.

그걸 상대하고 있는 자신이 가장 잘 알았기에 정마룡은 더욱더 집중하며 몸을 움직였다.

'잘들 하고 있군.'

한편 오늘도 어김없이 무한 대련을 하고 있던 석진호는 각자 처절하게 싸우고 있는 세 사람의 모습에 흡족한 미소를 지었다.

당아린이 합류한 건 예상치 못했으나 결과적으로는 더할 나위 없이 좋았다. 아마 하나둘 절정의 벽을 넘는 모습을 보고 그녀도 자극을 받은 게 분명했다.

콰득!

거기까지 생각한 순간 석진호가 뱀처럼 영활하게 심장으로 파고드는 채찍의 끝을 왼손으로 움켜잡았다.

기운은 많이 빠져 있지만 그렇기에 더욱 날카로운 느낌의 공격이었는데 석진호는 진기도 집중하지 않고 맨손으로 채찍을 부여잡고는 그대로 당겼다.

"헙!"

천근추를 펼친 것처럼 굳건하게 서 있는 석진호로 인해 결국 끌려오는 건 채찍을 든 장년인이었다.

물론 그도 순순히 당하지만은 않았다.

비록 통곡의 벽을 넘지 못했다고 하나 그 역시 산전수전을 다 겪은 무인이었다.

武人還生
무인환생

이런 일 정도는 비일비재했기에 장년인은 날아가는 기세 그대로 주먹을 내질렀다.

터억.

다만 그조차도 석진호에게 읽혔다는 게 문제지만.

날아오는 주먹을 손등으로 흘려 내며 자연스럽게 목으로 파고든 손아귀가 그대로 멱살을 잡았다.

쿠웅!

그리고 그걸로 끝이었다.

멱살을 잡은 채로 석진호는 장년인을 바닥에 메다꽂았고, 그 결과 장년인이 개구리처럼 널브러지며 컥컥거렸다.

"후우."

장년인을 마지막으로 서 있는 수련생들은 없었다.

죄다 녹초가 된 모습으로 손가락 하나 까딱이지 못한 채로 쓰러져 있었다.

하지만 눈꺼풀만은 쉴 새 없이 꿈틀거렸다.

진이 다 빠져 움직일 힘은 없지만 머리는 아니었다.

그렇기에 다들 대련을 복기하는 중이었다.

'처음에는 그렇게 견제하더니.'

석진호가 피식 웃었다.

단기 속성 과정을 받으러 왔던 일 기생들과 마찬가지로 지금의 이 기생들 역시 처음에는 데면데면한 관계로 시작했다.

동기라기보다는 서로를 경쟁자로 봤던 것이다.

그런데 매일같이 깨지기를 반복하며 동고동락해서 그런지 이제는 의형제가 아닐까 싶을 정도로 친해져 있었다.

"물 한 잔 드세요, 도련님."

"아직 추운데 왜 나왔어."

"솜옷 입었잖아요. 비싼 거라 그런지 효과가 탁월해요."

"잔병치레가 줄기는 했지만 그래도 조심해야 해. 나이는 못 속여."

작은 쟁반을 들고 온 소하정이 눈을 흘겼다.

잘 가다가 쓸데없이 삼천포로 빠지는 것 같아서였다.

"누누이 말씀드리지만 아직 한창이거든요?"

"그래도 쉬엄쉬엄해. 여유를 즐기면서 살아야지. 그러려고 여기까지 온 건데."

"그렇게 말씀하시면서 가장 바쁘신 분이 도련님이에요."

"안 그래도 그것 때문에 머리가 아파. 내 원래 목표는 한적하게 사는 것이었는데."

석진호가 진심을 담아 한숨을 쉬었다.

어째 목표했던 것과는 다른 삶을 사는 것 같아서였다.

그래서 그는 다짐했다.

딱 이번까지만 일을 하고 한동안은 휴식을 가지기로 말이다.

'일 년 동안 열심히 일했으면 이 년 정도는 쉬어도 되지. 돈이 없는 것도 아니고.'

武人還生
무인환생

석가장을 나온 지 일 년 하고도 한 달이 지났을 뿐이지만 주머니 사정은 완전히 달라졌다.

처음 가지고 있던 재산보다 몇 배는 불어난 상태였기에 일 이 년 놀아도 상관없었다. 오히려 놀아도 탕진하기는커녕 돈이 더 불어날 게 분명했다.

"근데 저는 지금이 참 보기 좋아요. 다들 도련님을 찾잖아요. 다른 사람들에게 인정도 받으시고."

"한량이 될 줄 알았지?"

"사실, 조금은요. 호호호!"

소하정이 솔직하게 대답했다.

말을 안 해서 그렇지 사실 그녀는 석가장을 나올 때 걱정이 이만저만이 아니었다.

밑천을 어느 정도는 들고 나왔지만 모든 걸 새로이 시작해야 했기에 막막했었다.

하지만 석진호는 보란 듯이 승천무관을 일으켜 세웠고, 이제는 자리를 잡는 수준이 아니라 승승장구하고 있었다.

"내가 그 정도로 신뢰를 주지 못했다니."

"저는 늘 믿었어요. 다만 세상일이라는 게 사람 마음대로 안 되잖아요. 열심히 해도 실패하는 사람이 부지기수인 게 사실이니까요."

"그건 그렇지."

"그런데 이렇게까지 모든 걸 잘하실 줄은 몰랐어요. 도련님은 아마 장사를 했어도 성공하셨을 거예요."

이제야 물을 들이켜는 석진호를 소하정이 신뢰 가득한 눈빛으로 쳐다봤다.

부담스러울 정도로 눈을 빛내면서 말이다.

근데 그때 정문 쪽에서 소란이 일었다.

"잠시만요!"

"여기 무관이잖아! 근데 왜 못 들어가게 막는 거야! 세상에 어느 무관이 손님을 막아? 어?"

어쩔 줄을 몰라 하는 채소강을 거칠게 밀어내며 한 명의 사내가 앞마당으로 들어왔다.

누가 봐도 낭인이라는 걸 알 수 있을 정도로 특유의 거친 분위기를 풍긴 그는 주변을 획획 둘러봤다.

"무슨 일로 찾아오셨습니까?"

"관주님 어디 계셔?"

"예?"

"여기 관주님 어디 계시냐고."

채소강의 목소리에 하던 대련을 급히 멈춘 정마룡이 황급히 정문으로 뛰어나갔다.

그러나 정중한 정마룡의 질문에도 사내는 안하무인의 태도를 고수했다.

바닥에 침을 찍찍 뱉으며 건들거렸던 것이다.

"승천무관주님 어디 계시냐고. 내가 그분을 좀 뵈러 왔거

武人還生
무인환생

든. 그래서 말인데 안내 좀 했으면 좋겠는데."

척 봐도 자기보다 나이도 어려 보이고 수준도 고만고만해 보이자 사내는 대뜸 하대를 했다.

마치 아랫사람을 다루듯이 말이다.

그뿐만 아니라 자기 할 말만 툭툭 내뱉기까지 하자 정마룡의 눈살이 찌푸려졌다.

"관주님은 이렇게 막 찾아와서 만날 수 있는 분이 아닙니다. 일단 약속부터 잡고 다시 찾아오시죠."

"뭘 다시 찾아와? 하루 종일 바쁜 것도 아닐 텐데. 얼른 안내나 해. 얘기는 내 직접 관주님과 할 터이니."

"그럴 수 없습니다."

"뭐?"

"이만 나가 주시죠."

사내의 눈빛이 매서워졌다.

마치 기세로 압박하려는 듯이 사내는 정마룡을 사납게 노려봤다.

하지만 정마룡도 물러나지 않았다.

사내의 기세가 제법이긴 했으나 석진호에 비하면 새 발의 피 수준이었다.

"이 새끼가 지금 누구한테……."

"슬슬 똥파리가 꼬이는군. 역시 유명해지면 어쩔 수 없으려나."

"뭐야, 넌?"

뱀처럼 쫙 찢어진 눈으로 정마룡을 노려보던 사내가 고개를 휙 돌렸다.

언제라도 뽑을 수 있도록 도병에 손을 댄 채로 말이다.

"네가 보고 싶어 하는 사람."

"어?"

"관주다."

사내처럼 너무나 자연스럽게 하대하며 석진호가 대답했다.

그러자 사내의 두 눈이 화등잔만 하게 커졌다.

젊다고 말은 들었지만 생각했던 것보다 더 젊은 듯한 모습에, 아니 어려 보이는 모습에 사내는 잠깐 당황했다.

하지만 그러한 기색은 금세 사라졌다.

"처음 뵙겠습니다! 강서성 자계현 출신 조궁팔이라고 합니다! 제가 찾아온 건 다름이 아니……!"

"됐고. 나가."

언제 건들거렸냐는 듯이 깍듯하게 인사하며 자기소개를 하던 조궁팔이 순간 멍한 표정을 지었다.

말을 다 하기도 전에 나가라고 하자 당황한 것이었다.

하지만 을의 입장은 너무나 익숙했기에 조궁팔은 대뜸 엎드렸다.

"관주님의 가르침을 받고자 강서성에서 여기까지 왔습니

武人還生
무인환생

다! 부디 저에게도 가르침을 주십시오!"

"……."

납작 엎드린 조궁팔이 간절한 목소리로 소리쳤다.

그뿐만 아니라 품속에서 전낭을 꺼내 양손으로 내밀었다.

승천무관의 단기 속성 과정에 대해서 어디선가 들은 모양이었다. 하지만 절절한 조궁팔의 외침에도 석진호는 뒷짐을 지고서 까딱도 하지 않았다.

스윽.

시간이 흘러도 아무런 대답도, 기척도 없자 조궁팔이 슬쩍 고개를 들었다.

이게 무슨 상황인가 싶어서였다.

그러다가 싸늘한 석진호의 눈빛을 마주하자 조궁팔이 마른침을 삼켰다.

"과, 관주님?"

"나에 대해서 들었다면 내가 따로 수련생을 받지 않는다는 것도 알고 있을 텐데."

"무, 물론입죠. 그런데 제가 마냥 기다리고 있을 수만이 없어서……. 대신 본래 비용보다 더 많이 준비했습니다!"

조궁팔이 석진호의 눈치를 살피며 대답했다.

하지만 그에게 되돌아온 것은 싸늘한 한마디뿐이었다.

"필요 없다."

"예?"

"자꾸 두 번 말하게 만드네. 필요 없다고."

"지금 당장은 힘들지만 내일이라도⋯⋯!"

"몇 번이나 똑같은 말을 하게 만들려는 거지?"

부르르르!

조궁팔이 몸을 떨었다.

하지만 그는 이를 악물었다.

오직 통곡의 벽을 넘겠다는 일념으로 먼 길을 달려왔다.

그런 만큼 조궁팔은 절대로 여기서 물러날 수 없었다.

"저에게도! 제발 저에게도 가르침을 내려 주십시오! 가르쳐만 주신다면 뭐든지 다 하겠습니다!"

"그러니까 싫다고. 이 정도 말했으면 알아들어야 정상일 것 같은데."

"왜, 왜 저는 안 되는 겁니까? 여기는 무관 아닙니까?"

"무관이라고 해서 꼭 모든 이를 받아들여야 한다는 법은 없지. 그건 주인의 마음이니까. 그리고 승천무관주는 나고."

매정할 정도로 석진호는 딱 잘라 말했다.

그러자 여전히 엎드려 있던 조궁팔의 눈동자가 흔들렸다.

하지만 그럼에도 그는 자리에서 일어나지 못했다.

절정 고수라는 네 글자가 머리에 박혀 떠나질 않아서였다.

"제가 어떻게 하면, 무엇을 하면 받아 주시겠습니까? 저는 정말로 벽을 넘어야 합니다. 집에는 제가 먹여 살려야 할 노모와 처자식들이⋯⋯."

무인환생

"구라 치고 앉아 있네. 그런 놈이 돈을 들고 여기까지 찾아와? 헛소리하지 말고 꺼져. 너 같은 놈들 상대할 시간 없으니까. 아니면 팔다리 중 하나를 놓고 가고 싶은 거냐?"

흠칫!

조궁팔이 자리에서 벌떡 일어났다.

지금의 말이 농담처럼 들리지 않았기에 본능적으로 움직인 것이었다.

동시에 가슴속에서 분노와 온갖 악의가 솟구쳤다.

저들은 되고 자신은 안된다는 게 아무리 생각해도 이해가되지 않아서였다.

저벅저벅!

그래서 그는 불만 가득한 얼굴로 씩씩거리며 정문을 향해걸어갔다.

하지만 더 이상 석진호에게 따지지는 못했다.

하수인 그가 석진호에게 대들어 봤자 결과는 뻔했기에 이를 악문 채로 승천무관을 나섰다.

"죄송합니다, 관주님."

"앞으로는 저런 놈들이 더 많아질 거다. 각오해."

"저런 자들이 함부로 들어오지 못하도록 더욱 정진하겠습니다."

정마룡이 송구한 기색이 완연한 표정으로 고개를 숙였다.

자신이 제 몫을 다하지 못해 어중이떠중이들이 소란을 일으켰다는 생각이 들어서였다.

하지만 석진호는 주의를 주기보다는 오히려 싱긋 웃었다.

"올 때마다 사과할 거야? 괜찮으니까 너무 신경 쓰지 마. 혼자서 다 감당하려 하지도 말고. 원래 억지를 부리는 녀석에게 논리는 통하지 않는 법이니까."

"뒤탈이 있지 않을까요?"

석진호와 달리 정마룡은 조궁팔의 마지막 표정을 봤었다.

무슨 짓을 저질러도 전혀 이상하지 않을 것 같은 얼굴이었기에 정마룡이 조심스럽게 물었다.

"있을 수도 있겠지. 근데 그럴지도 모른다는 이유로 죽일 거야?"

"그건 아니더라도……."

"무엇을 걱정하는지 모르지 않는데, 그럴 필요 없다. 지금의 승천무관은 작년의 승천무관이랑 다르니까. 네가 걱정하는 일은 없을 거다."

"예."

정마룡의 어깨를 두어 번 두드려 준 석진호는 다시 수련생들에게로 다가갔다.

슬슬 체력을 회복한 것 같으니 다시 무한 대련을 시작하려는 것이었다.

그런데 수련생들 역시 질려 하기보다는 기다렸다는 듯이 하나둘 몸을 일으키며 시작할 준비를 했다.

화려하고 큼지막한 마차에 탄 석진호가 지루한 얼굴로 창밖을 내다봤다.

　하북성하고는 전혀 다른 양식의 건물들이 두 눈 가득 들어왔지만 정작 석진호의 표정은 변화가 없었다.

　연신 신기하다는 듯이 탄성을 내지르는 소하정과는 너무나 다르게 말이다.

　"어머어머! 소설아, 저것 좀 봐 봐."

　"우와!"

　연신 하품만 하는 석진호와 달리 채소설은 연신 탄성을 내질렀다.

　소하정과 마찬가지로 채소설 역시 하북성을 벗어나는 건 이번이 처음이였기에 모든 걸 신기해했다.

　정작 오라비인 채소강은 여전히 말과 씨름을 하고 있는 중이었지만 말이다.

　"많이 따분하신가 봐요."

　"예. 딱히 신기할 게 없는지라."

　당하린의 말에 석진호가 하품을 했다.

　다른 이들이야 사천성의 성도가 처음이겠지만 그는 아니었다.

　어떤 부분에서는 당하린, 당아린 자매보다 더 많이 알고 있는 게 석진호였다.

"사천성 성도는 처음이지 않으세요?"

"그렇긴 합니다만 제가 딱히 새로운 지역에 흥미가 많은 편이 아닌지라."

차마 전생 때 살아 봤다는 말을 할 수 없었기에 석진호는 어물쩍 넘어갔다.

실제로 타 지역에 관심이 그리 많지도 않았고 말이다.

"저기가 당가타야."

"당가타요?"

"응. 당씨 성을 가진 사람들이 모여 사는 마을이라 생각하면 돼. 집성촌처럼 말이야."

"그럼 다 친척이에요?"

"촌수로 따지면 꽤 멀긴 하지만, 그런 셈이지."

당아린의 설명에 채소설이 신기하다는 표정을 지었다.

한눈에 봐도 규모가 상당한데 저 많은 사람들이 사천당가와 피로 이어져 있다고 하자 놀란 것이었다.

"근데 둘은 아직도 말을 타는 게 서투네. 소강이는 잘 타는데."

"저희 오빠가 몸 쓰는 건 어려서부터 잘했어요. 달리기도 또래 중에서 가장 빨랐고요. 그다음이 저였어요."

"그래?"

"네!"

武人還生
무인환생

한때 자신도 골목에서 날렸다는 듯이 거만하게 말하는 채소설의 모습에 당아린이 미소를 지었다. 그녀의 눈에는 거들먹거리는 것조차 귀엽게 보였던 것이다.

"이제 다 왔어. 저기가 본가의 정문이야."

"사람이 엄청 많은데요?"

심드렁한 석진호와 달리 별것도 아닌 것에도 크게 놀라는 채소설을 향해 당아린이 웅장한 철문을 가리켰다.

장원이라기보다는 철옹성이라는 단어가 떠오를 정도로 사천당가의 정문은 웅장하고 거대했다.

"걱정하지 마. 이 마차에 누가 타고 있는지 잊은 건 아니지?"

"아하!"

"우리는 기다릴 이유가 없어."

당아린의 말이 끝나기 무섭게 마차를 호위하던 호위 무사 둘 중 한 명이 정문 위사에게로 향했다.

마차에 사천당가의 직계가 타고 있음을 알리는 깃발이 있었지만 그래도 확실하게 하기 위해서였다.

잠시 후 마차는 따로 마련된 길을 따라 정문을 지났다.

"사천당가에 오신 걸 환영합니다."

마차가 정문을 넘는 순간 당하린이 웃으며 입을 열었다.

하지만 그녀가 기대한 반응을 보인 건 단둘뿐이었다.

정작 석진호는 사천당가에 도착했음에도 여전히 시큰둥한

표정이었다.

"우선 숙소로 갈게요."

"네!"

"내가 사천당가에 들어와 보다니."

순수하게 즐기는 채소설과 달리 소하정은 얼떨떨한 얼굴로 중얼거렸다.

비록 무림에 대해서 잘은 모르지만 그녀도 대충 들은 게 있었다.

석가장에서 지낼 때도 구파일방, 오대세가의 대단함에 대해서 귀에 딱지가 생길 정도로 들었었다.

한데 그런 사천당가에 별다른 확인 절차도 없이 들어오자 소하정은 신기하면서도 당혹스러웠다.

"다 주인을 잘 만나서 그런 거야. 원래 인생은 혈연, 지연, 학연이 다야. 이걸 뒤집으려면 능력이 있어야 하는데 놀랍게도 난 이걸 다 가지고 있지. 그래서 별다른 검문 없이 사천당가에 들어온 거고."

"맞아요. 다 도련님 덕분이에요. 도련님 덕분에 제가 사천당가에도 다 와 보고."

허세기가 다분한 한마디였지만 마차 안에 있는 누구도 그 말에 딴죽을 걸지 못했다.

말은 저렇게 해도 전부 다 사실이었기에 반박할 수 없었던 것이다.

武人還生
무인환생

실제로 석진호는 능력으로 모든 걸 일구어 내기도 했고 말이다.

"그런데 왜 강호에는 안 나가시는지."

"안 나가도 명성은 계속 쌓이지 않습니까."

"강호출도를 했으면 진즉에 지금보다 더한 무명을 날렸을걸요."

당아린이 샐쭉한 얼굴로 말했다.

하지만 그 말에 석진호는 대답하지 않았다.

여기서 대꾸를 하면 말싸움으로 번진다는 사실을 잘 알아서였다.

그래서 석진호는 아예 고개를 돌렸다.

"그만해. 여기까지 와서 왜 그래?"

"맨날 관주님 편이지."

"그건 당연한 거고. 아저씨, 저희 어디로 가……."

당아린을 말린 후 창문 밖으로 고개를 내밀어 마부에게 말을 걸던 당하린이 순간 두 눈을 크게 떴다.

마차 옆을 따라오는 이를 보고는 놀란 것이었다.

"오랜만에 뵙습니다, 아가씨."

"총관님!"

"숙소는 비현각(枇玄閣)입니다. 가주님께서 제게 직접 하명하셨습니다."

"비현각요?"

놀라는 당하린만큼이나 조용히 앉아 있던 석진호도 놀랐다. 비현각은 별채 중에서도 특별한 인물에게만 허락하는 곳이어서였다.

아무리 가주의 초대를 받았다고 하나 비현각을 배정할 정도의 사이는 아니었기에 석진호는 내심 의외라고 생각했다.

춘절이고, 먼 길을 왔다고 하지만 비현각은 암만 생각해도 과했다.

"예. 손님을 모시는 데 모자람이 있으면 안 된다고 들었습니다."

총관의 시선이 당하린을 지나 석진호에게 향했다.

하지만 석진호는 그의 시선을 느낄 새가 없었다.

비현각에 가까워질수록 묘한 기세가 신경을 자꾸 건드렸기에 석진호는 미간을 좁히고서 어느 한곳을 쳐다봤다.

다음 권으로 이어집니다

武人還生
무인환생

우리 교황님 좀 말려주세요

판미손 퓨전 판타지 장편소설

비정상 교황님의
들도 보도 못한 전도(물리) 프로젝트!

이세계의 신에게 강제로 납치(?)당한 김시우
차원 '에덴'에서 10년간 온갖 고생은 다 하고
겨우 교황이 되어 고향으로 귀환했건만……

경고! 90일 이내 목표 신도 숫자를 달성하지 못할 시
당신의 시스템이 초기화됩니다!

퀘스트를 달성하지 못하면 능력치가 도로 0이 된다고?
그 개고생, 두 번은 못 하지!

"좋은 말씀 전하러 왔습니다, 형제님^^"

※주의※ 사이비 아닙니다, 오해하지 마세요!

망한 가문의 검술 천재가 되었다

소구장 퓨전 판타지 장편소설

역사에서도 잊힌 비운의 검술 천재
최강의 꼰대력으로 무장한 채
후손의 몸으로 깨어나다!

만년 2위 검사 루크 슈넬덴
세계를 위협하던 마룡을 물리치며
정점에 이른 순간

이대로 그냥 죽어 다오, 나를 위해서.

라이벌인 멀빈 코넬리오에게 목숨을 잃……
……은 줄 알았는데,
200년 후의 몰락한 슈넬덴가에서 눈뜨다!
가족이라고는 무기력한 가주, 망나니 1공자뿐
망해 버린 가문을 살리기 위해
까마득한 조상님이 팔을 걷었다!

설풍 같은 검술, 그보다 매서운 독설로
슈넬덴가를 정점으로 이끌어라!